トンネルの森　1945

角野栄子

角川文庫
23887

目次

　昭和十五年、五歳の時、私を産んだおかあさんが死んだ。それでおとうさんのおかあさんで、東京《とうきょう》の本郷《ほんごう》に住んでいるおばあさん、タカさんに、私は預けられた。

「こんなご時世なのに、商売がいそがしくってねえ。それに店のもんが全部兵隊にとられちゃって、私ひとりじゃ、どうにもならない。かあさん、しばらくイコをおねがいしますよ」

　こんなご時世というのは、今、私たちの国、日本《にほん》は近くの大陸で戦争をしていて、それが終わらないどころか、もっと大きな戦争にまでなっていくかもしれないというのだ。大人たちは一日に何回も、こんなご時世だから、戦争だから、と、口にする。

「日本は大勝利、万々歳ですよ」「こてんぱんに、やっつけてやりましょうよ」「いざっていうときは、日本には神風が吹きますから」こんな風に、戦争になったら瞬く間に日本は勝つと、みんながみんな、威勢がいい。世界が変わるぞー、と言っているみたい。なんだかおもしろいことが起きそうだと、私もうきうきしていた。

「戦争というのは、勝つ国もあれば、負ける国もあるんだからねえ」

タカさんはときどき独り言のように言った。あんまり嬉《うれ》しそうではない。でもこんなことを言う人はあまりいなかった。みんな、戦争に向かって勇ましい気持ちになっているから、すこしでもいやそうなことを言うと、非国民とにらまれる。私のおとうさんも、「お国のために」「だから今は少々のことは我慢しなけりゃならないのだ」というのが、口癖になってる。

戦争のために国はたくさんのお金が必要だから、いくらあっても足りないのだという。それで、「ぜいたくは敵だ」が、みんなの合い言葉になった。

「パーマネントはやめましょう」とも言いだした。おしゃれはいけないの？　私はおしゃれが好きなのに、大人になったら、いっぱいしたいと思っていたのに……。アメリカの女優さん、シャーリー・テンプルみたいにくりんくりんにパーマをかけたい。ふあんふあんの足首まであるスカートをはいて、きらきらのシャンデリアの下で、踊ってみたいなんて、夢見てたのに、もちろんだめ。アメリカの女優さんのまねなんて、とんでもない。

食べ物は贅沢《ぜいたく》品じゃなくても、だんだんと少なくなってきた。お金は戦車を買うために必要だから、食べ物にはたくさん使えないのだ。なにごとも辛抱だ。戦争に勝つまでは。

私の好きな、カステラや、ビスケットや、チョコレートがお店に並ばなくなった。「チョコレートなんて、敵の国の食べ物だ」口ではそんな悪口を言ってるくせに、たまにお店に並ぶと、みんなわれ先にとならんで、ちゃっかり買っている。毎日、たべているお米も配給制になった。欲しいだけなんて買えない。

私のおとうさんの名前はセイゾウさん、深川《ふかがわ》で骨董《こっとう》屋をしている。
「戦争になる、なるって言いながら、存外、品物が動くんですよ。こんなご時世だから、金持ちは金目のものに換えておきたいんですかねえ」
また、こんなご時世だって……なんでもこの言葉で終わる。

番頭さんや、小僧さんがつぎつぎ召集されて、兵隊さんになったので、セイゾウさんは品物を風呂敷《ふろしき》に包んで、一人でお得意さんまわりをするようになった。おとうさんの深川のお店は通りに面した古い小さな二階建てだったけど、隣の「洗い張り屋さん」と、その先の「金物屋さん」は主人が兵隊に行ってしまうと、店じまいをして、家族みんなで田舎に移ってしまった。それでセイゾウさんは空いた店を二つとも借りて、荷物置き場に使っている。壁に穴をあけて廊下をつけ三軒をつなげたり、へんなところに急な梯子《はしご》をつけたり、おかしな家になった。かくれんぼするのは最高に面白い。でも一人でお留守番となると、恐い。廊下の隅には昔の鎧《よろい》が立っていたり、槍《やり》が壁にかかっていたり、古いお人形さんがガラスケースの中からこっちを見ていたり、だめ、一人じゃ、とってもいられない。

「ええ、いいですよ。イコといっしょに暮らすなんて、わたしはうれしいよ」

タカさんはうきうき。私も文句はない。私の引っ越しはすぐ決まった。

タカさんは、七年前に死んだおじいちゃんと、本郷というところで、仕立屋さんをしていた。いまでも、近所の人の注文を少し受けている。やっぱり、こんなご時世だから、絣《かすり》の着物をもんぺにというような、仕立て直しが多い。それでもたまにかわいい布で洋服の注文なんかもあって、あまり布が出ると、継ぎ合わせて私のシャツなんか作ってくれた。

「なけりゃないで、なんとかなるもんだね」

タカさんの腕は確かで、つぎはぎだらけでも、かわいくって、私は自慢だった。

タカさんのビロードのショールを仕立て直したワンピースを着て、昭和十六年、私は一年生になった。「国民学校一年　西田《にしだ》イコ　血液型　O型」という布の名札を洋服の胸に縫い付けた。血液型は、もし空襲にでもあって、怪我をして、輸血が必要になったときのためのものなのだ。

そう、この年から、今までの尋常小学校は「国民学校」と名前が変わった。

「どうして変わったの？」

セイゾウさんにきいたら、

「さあなあ、でも元気がよさそうに聞こえていいじゃないか」と返事をした。

「イコは、国民学校の最初の一年生だぞ」

セイゾウさんは誇らしげに言う。

「こくみ〜んがっこ〜う　いちねんせ〜い」

私はちょっといばって、歌にして歌ってみた。


セイゾウさんが再婚した。新しいおよめさんをもらったのだ。名前は光子《みつこ》さん。着物を着て、ちょっと癖のある髪の毛を後ろで丸めていた。

「おかあさんだよ」

タカさんが私の背中を押した。

「イコちゃん、よろしくね」

お母さんが、「よろしくね」っていうなんて変な感じ。私はぺこっと頭を下げた。

それで二学期からはセイゾウさんと、あたらしいおかあさん、光子さんと、私は深川で一緒に暮らすことになった。ちょっぴり不安だったけど、学校も変わる、住む家も変わる。私は、変わるってことが案外好き。もしかしたら、変わった運命がやってくるかもしれない。

セイゾウさんのあたらしいお嫁さんは、私のまま母。本好きの私は物語の中のいじわるなまま母をたくさん知っていたし、毎日タバコ屋さんの角に来る紙芝居にも、よく鬼婆《おにばば》みたいな、まま母が出てきたから、ちょっと恐かった。だからまま母の娘になるってことは、とってもかわいそうな女の子になるってこと？　……それもちょっと魅力的！

ところが夏休みが終わるころ、突然、セイゾウさんに召集令状が来た。国の命令で、兵隊さんになるのだ。私の引っ越しも予定通りにいかなくなった。私はこのままタカさんの家にいるのもいいし、まま子になるのでもよかったけど、おとうさんのいないまま子は……やっぱりお断りしたい。今まで通り、私はタカさんと暮らすことになり、セイゾウさんはお店を閉めて軍隊に入り、光子さんはお店を閉めた深川の家に住むことになった。

「こんな大変なご時世だから、セイゾウはちょっとやそっとじゃ帰ってこれないよ。よかったら、こっちに来て一緒に住んだらどう？」

タカさんは光子さんをさそった。「こんなご時世」に、「大変」って言葉がくっついた。でも光子さんは深川がいいと言う。あのぼろ小屋を継ぎ足したような奇妙な家に住むなんて、恐くないのかな。きっと遠慮してるんだ。

光子さんはしずかな人だった。

「あんたも体を大切にしてね」

「はい、ありがとうございます」

光子さんは小さな声で言い、きちんと座ってお辞儀をした。

「あの人、あんまりしゃべらない」

あとで、私が言ったら、タカさんはにらんだ。

「御徒町《おかちまち》に住んでいたってことだけど、震災でおとうさんをなくしてね、おかあさん一人に育てられたんだよ。そのおかあさんも二年ほど前になくして、天涯《てんがい》孤独の身なのよ。さびしいんだよ。無理もないよ。頼りにしてるセイゾウがいなくなるんだから。新婚さんなのにね」

新婚さんて言葉は、なんだか気に入らない。私が仲間はずれになっている。

「こんなご時世にねえ」

また、おなじこと。

「それに子どもがいるのにねえ。よくきてくれたわ」

ますます気に入らない。すいませんね、私がいて。でも私が頼んだわけじゃない。

「ね、イコ、あかちゃんが出来るんだってよ。忙しい、ご時世だねえ」

「あかちゃん？　だれの？」

頭の中でがーんと音がした。

「やだ、くくく。おかしなこと言って。あんたに兄弟ができるのよ。光子さんも一人でお産じゃ、大変だわ！　大事にしてあげるのよ」

私は返事の代わりに口をぐっと突き出した。しょうがない……。こんなご時世だからねえ、大事にしてあげようとは思うけど、私のおばあちゃん、タカさんには言われたくない。

セイゾウさんは出征の三日前、どこで手に入れたのか、見たこともないような真っ赤な丸い飴《あめ》が、十個はいった箱を持ってきた。

「イコ、イコ、ほらご覧。ロシヤの飴だそうだよ。珍しいだろ。きれいだろ。無理して譲ってもらったんだ。さ、口をあーんとあけて」

セイゾウさんは私を胡坐《あぐら》の中に抱えるように座らせて、自慢そうに言った。

その飴はお金持ちの指輪のようにつやつやと光り、入れると口が閉まらないほど大きかった。やけに甘くて、底意地がわるいような、あやしい感じ。白雪姫のまま母の血の色はこんな色？

「日本の味方の国のだぞ」

セイゾウさんは言った。

ロシヤ、どこにあるのかも、わからない。でも飴はいつまでも溶けなくて、終わりは、「エイ、ヤア」ってかんだら、ずんとあごが痛くなって、ちょっと涙が出てきた。

ロシヤって、きっと大きな国なんだ。

「おとうさんの焼きおにぎりの方がいい」

遠慮して声が小さくなった。

「よし」

すぐ返事が返ってきたけど、不思議そうな顔をしてる。

セイゾウさんは火鉢の火を大きくして、その上に網を置いた。おひつのなかのご飯で二つ、三角むすびにすると、網の上に載せた。

「せっかちはいかんぞ。ゆっくりな」

セイゾウさんは、じっとおにぎりを見ながらつぶやいた。自分で自分に言っているみたい。しばらくするといい匂いがしてきた。おにぎりをひっくり返す。またしばらくしてひっくり返す。三方ぐるりもよく焼く。全体がこんがりして、固くなると、今度はお皿に入れたお醤油《しょうゆ》にさっとつけて、網に戻す。それをなんども繰り返す。部屋中がこげたお醤油の匂いでいっぱいになった。

「さ、出来たよ」

私は、手を「あち、あち」と動かしながら、口に運んだ。

「やっぱり、焼きおにぎりは、おとうさんのが一番おいしい。日本、ばんざい」

私は口をもぐもぐさせながら言った。セイゾウさんは顔をくしゃっとさせた。

セイゾウさんの出征の日、タカさんと深川にいく。家の前には花輪が並び、玄関の入り口には、大きな国旗と旭日旗《きょくじつき》を交差させて、飾ってある。家の中では町内会の人たちが集まって、乾杯をしていた。私は座るところもないので、外に出た。家の前にもたくさんの人が手に手に日の丸の旗をもって、集まっている。

「ばんざーい、西田セイゾウ君、ばんざーい」

声があっちこっちから競争しているみたいにあがる。

やがて、セイゾウさんが家から出てくる。戦闘帽をかぶり、軍服を着、肩からななめに、国旗を結んでいる。足にゲートルを巻いて、靴は鉄瓶みたいにごつごつして、重そうだった。

セイゾウさんはみんなの前に、両手をびしっとさげて、立った。背が高くなったように見える。私のおとうさんは、もうすっかり兵隊さんになっていた。

「西田セイゾウ、お国のために、命をささげる覚悟で戦ってまいります」

セイゾウさんは怒鳴るように叫んだ。全身に力がいっぱい入っている。ぴっと右手があがり、ぴたっと耳の上でとまった。兵隊さんの敬礼だ。セイゾウさんの目は大きく開いて、周りの人、一人一人にうなずくように動く。一瞬、その目のなかにじわっと涙がうかんで、消えていった。いや、それは私の目の方だったかもしれない。私も兵隊さんのようにびしっと立っていた。動けなかった。

「ばんざーい」「ばんざーい」

行列が動き出した。

先頭をラッパとタイコの楽隊がちんどん屋さんみたいに行く。

「ばんざーい」

「ばんざーい」

前をあるくセイゾウさんについて、みんな、旗を振りながら、出征の歌を歌いだした。怒鳴るように歌う人、口だけ動かしているみたいに小さい声の人、歌声は合ったり、合わなかったりする。足の動きも意外とだらだら、兵隊さんみたいには合わない。この頃、毎日のように出征する人がいるから、見送りの人も疲れちゃったのかもしれない。小さい子ばかりが、やたらに大きい声で、「ばんざーい」と叫んでまわりを走り回る。

私はセイゾウさんのそばによって、その手を握った。今握らなければ、もう握れないかもしれない。セイゾウさんがいなくなったら、私はどうなるんだろう。不安でいっぱいだった。泣きたかった。でも、出征するセイゾウさんに涙を見せることはできない。セイゾウさんはちらっと私を見ると、握った手を大きく振り上げて、「オイチ、ニイ、オイチ、ニイ」と歩き続けた。

市電の停留所まで、行列は続いた。市電が停まると、セイゾウさんはまたきをつけをして、敬礼をした。

「行ってまいりまーす」

それからそばにくっついている、私のほっぺたをつるんとなぜた。

市電は走り出した。セイゾウさんは、何回も敬礼をくりかえし、何回も私と光子さんとタカさんにうなずきながら、見えなくなった。セイゾウさんはこれから千葉《ちば》の軍隊に入り、その後、海の向こうの戦場に行くことになる。行く先は解らない。秘密なのだ。私のおとうさんは、永遠にいなくなってしまうかもしれない。私は胸の奥がひくひくして、しゃくりあげそうになった。でも泣いてはいけない。セイゾウさんは私たちの国を守るために兵隊さんになったのだから。

「撃ちてし止まん」

そう、セイゾウさんはそのために行ったのだ。ふりかえると、タカさんは隠れるように向こうをむいて、割烹着《かっぽうぎ》の袖《そで》で、さっと目を拭《ふ》いていた。

この年の十二月八日に、日本の飛行機がアメリカのハワイを攻撃して、たくさんの軍艦を沈めた。日本国中がこの勝利に大喜びで、あちこちから「ばんざーい、ばんざーい」と叫び声があがり、夜になると通りを、提灯《ちょうちん》行列が練り歩いた。

大きな戦争、太平洋《たいへいよう》戦争が始まった。

「世界が相手の戦争だ。豪勢じゃないか」

八百屋のおじさんが大きな声でしゃべっていた。

ラジオからは、毎日「大勝利！」「わが軍は大いなる戦果を収めたり」というような言葉が飛び出してくる。周りの人たちはみんな、その大勝利に浮かれて、機嫌がいい。私も、浮かれた。みんなが嬉しい気持ちにならないと、勝てないと思う。勝てばいセイゾウさんも帰ってくる。

昭和十七年が明けると、戦争はますます大きくなっていくようだった。

「南の島は全部日本のものになったんだって。シンガポールが昭南島《しようなん》という日本の名前になったのよ」

タカさんは、がーがーと雑音の入るラジオを聞いて、教えてくれた。

「戦争がこんなに大きくなったら、セイゾウは当分帰ってこれないねえ」

タカさんの背中が急にまるくなった。

万一敵の飛行機が飛んできて、爆弾を落としたら、振動で窓のガラスが割れても飛び散らないようにと、丈夫な紙を細く切って、ガラスの上に、バッテンに貼った。明るいと敵にねらわれるからと、夜は灯火管制になった。電気の笠《かさ》に黒い布を巻いて、外に光が漏れないようにする。天井あたりは見えないくらいに暗くなり、電燈のしただけ、丸く明るいところが出来る。タカさんはその下にちゃぶ台を置いた。そこで、ご飯をたべたり、私は絵をかいたり、宿題をした。タカさんが縫い物をする時もあった。そんな時、ふたりのおでこはくっつきそうになる。

「これじゃあ、コソ泥ネズミの暮らしだね。ちょこちょこって暗いとこいっちゃ、ちょろって明るいとこに戻ってきて」

空襲にそなえて防空壕《ごう》も造ることになった。この家は、通りに面した店屋だから、庭がない。それで大工さんに頼んで、畳を持ち上げ、床下に、深い穴を掘ってもらった。ときどきのぞくと、水がたまっている。

「気休めだね」とタカさんは笑った。

光子さんはたまにやってくる。大分お腹が大きくなった。めったに見られなくなったカステラなんかを、手品みたいに持ってきてくれる。

「お友達にお菓子屋さんがいて、たまたまいただいたんです」

「ねえ、お産は、うちでしなさいよ。私でも少しは役にたつから」

タカさんが言った。

「ありがとうございます。そうさせていただきます」

光子さんは申し訳なさそうに、肩をつぼめた。

「遠慮して、かわいそうにねえ。まだ若いのに」

タカさんは光子さんが帰ったあと、独り言のように言った。

「ご時世だから……」

私は声には出さないで、口をとんがらせた。

桜の花が咲き始めたころ、あかちゃんが生まれた。男の子だった。男の子なら、「ヒロシ」と出征前にセイゾウさんが名前を決めていた。二階の部屋に寝ている、光子さんと赤ちゃんをのぞきにいった。

「ちっともかわいくない」

私は小声でタカさんに言った。

「かわいくなるのはこれからよ」

「そうかなあ……」

「弟よ」

「うん」

鼻の先で、返事をする。私はそんなにいい子にはなれないからね……。

「セイゾウも、会いたいだろうけど……難しそうね。戦争はどんどん激しくなっているようだし。どこかで、空襲があったっていうし、この町内だって、戦死した人が出たのよ」

タカさんはめずらしく暗い顔になった。

セイゾウさんから手紙が来た。私宛。「イコちゃんへ」って書いてある。

「おとうさんは、お国のために一生懸命働いています。どこにいるか言えないけど、元気だから安心しなさい……」

私はどーんと深い井戸の中に落ちていくような気がした。

「元気だから……安心……」

この二つの励ましの言葉で、変だけど心配が大きくなった。だってこの反対のことも起きるかもしれないってことじゃない。もしセイゾウさんが元気でなく、安心もできなくなったら、私は本当にひとりぼっち、親なし子になっちゃう。

四年生になって、夏休み前に、突然、セイゾウさんが帰ってきた。ものすごく痩《や》せていた。目が骸骨《がいこつ》みたいにへこんでいる。ほっぺたは削りとられたように細くなっていた。軍服はだぶだぶ、肩ががくんとおちている。病気になったのだ。なんだか難しいおしっこの病気。

「よかった、よかった。病気になってよかった」

おばあちゃんは手をひらひらさせて、踊りだしそう。

「いけない。そんなこと言っちゃ」

私はおばあちゃんの袖を引っ張った。

「ほんとうに、よかった」

私は口の中だけで言った。でも、これだって非国民になる！

ラジオから威勢のいい音楽と一緒に聞こえてくるニュースでは、いつも日本は輝かしい大勝利。それなのに食べ物はすくなくなっていく。どこかで爆弾がおちたって聞いても、大きな穴が空くだけで、たいしたことじゃないとみんな言う。「ほんとかしら」って気持ちもあるけど、口に出したら、それこそ「たいしたこと」になってしまいそうで恐い。

「もうじき神風が吹いて、日本は勝って、戦争は終わる。あと少しの辛抱だ。一億、みんな火の玉だ」これがみんなの合い言葉。

でもセイゾウさんが帰ってきたのは、やっぱりうれしい。戦う人が一人減ったわけだけど、一人だもんいいじゃない。それが私のおとうさんで、本当によかった。

セイゾウさんは当分安静にするようにと、医者から言われている。もうセイゾウさんと離れるのはいや。治らないと困るけど、治るのは、なるべくゆっくりにしてほしい。私はしばしば深川に泊まりに行った。そして、セイゾウさんの寝ている布団にもぐりこんだ。おとうさんの匂いがした。涙が出てきた。

「よくまあ、帰られて……」

隣組の人が皮肉っぽく言った。ずるしてるって言いたそうだ。でも、どのうちでもだれかしらは軍隊に行っているのだから、うらやましく思うのも無理はない。

「なさけないよ。お国のお役に立てなくて。落第兵隊だ」

「陛下に申しわけない」

セイゾウさんはきちんと正座して言った。

セイゾウさんは新聞で天皇陛下のお写真を見ると、「あっ、陛下だ！」と言って、正座するか、きをつけをする。

「どうして？　ただの新聞でしょ」と聞いたら、「陛下がきをつけをしておられるのに、こっちがお行儀悪くはできない」という。そんなこと、ついわすれて、私が新聞を乱暴にたたんだら、叱られた。あわてて外に行こうとして、陛下の写真が載っている新聞をまたいだら、「陛下をまたぐとは、なにごとだ！」って、いつになく険しい声で言われた。私はもう一度もどって、よけて通った。

セイゾウさんは、兵隊さんとしては落第したけど、少しよくなると、徴用といって、大きな工場で働くことになった。これも、国の命令だった。

「旋盤という機械を動かして、戦車の部品を作っているんだよ。またお国のお役に立てる」

まだ病気も充分治っていないのに、セイゾウさんはほっとしているようだった。みんな一致団結して、戦争に協力しているのだ。体が悪いからと、ぶらぶらしていれば、「非国民!」と言われてしまう。これは「バカ」「マヌケ」よりずっとひどい悪口だった。

回覧板が回ってきた。

「防空演習があります。一時に、たばこ屋さんの角に集まってください。一家にひとり集合のこと」

あいにくタカさんは熱を出して寝ていた。

「イコ、おばあちゃんは病気でいけませんって、言ってきて頂戴《ちょうだい》。申し訳ないって、ちゃんと謝るのよ」

私が行くと、バケツと火をはたいて消すための大きなはたきをもって、町内の人が集まっていた。みんな、手拭《てぬぐ》いできりりと鉢巻きをしている。

「あそこの家はねえ、なんだかんだと言って、いつも出てこないのよ」

「そう、仮病じゃないの」

近づいていくと、こんな言葉が聞こえてきた。

「おばあちゃんが熱があるので、私が代わりに来ました」

とっさに私はこう言った。非国民と思われるのはいやだ。

「おや、えらいのね」

「何年生？」

「四年です」

「なら、出来るわよね」

私はおばさんたちの間に入って、バケツリレーをすることになった。もし爆弾が落ちて火事になったら、いつも水を溜《た》めておく防火用水からバケツで水をくんで、並んだ人の手につぎつぎ渡して、一番前の人が、燃えてる火にかける。それを出来るだけ早くやらなければいけない。そういう訓練だった。バケツにいっぱいの水は重い。受け取って、素早く手渡すのは、とっても力がいる。大変な仕事だ。手が千切れそうになる。水ははねて、ばちゃばちゃとこぼれる。スカートと運動靴がびしょびしょになってしまった。

「イコ、なんでやったの？　おばあちゃんの代わりにやりなさいって、言われたの？」

「ううん、わたしがやるって言ったの」

「こんな小さい子なのに」

タカさんは寝床から出て、熱いお湯で足を温めてくれた。

「この頃思いやりのない人が増えたねえ……出来ない人にだって、お国を思う気持ちはある。出来るのは結構だけど、それだからって偉そうにすることはないじゃないの。いやなご時世だねえ」

タカさんは口の中で、ぶつぶつ文句を言った。

近所の家が少しずつ空き家になっていく。東京は空襲になるからと、田舎に疎開してしまうのだ。

「うちも、疎開しなくてはなあ」

セイゾウさんは会うたびに言う。

私の家族は昔っからずっと、東京生まれの東京そだちで、頼っていける田舎がない。

「どうせなら田んぼの多いとこがいいよ。お米が買えるから」

タカさんは呑気《のんき》に言った。

「それにあんまり遠いとこはねえ。空襲にならないで、東京に近いとこなんて、ないわよねえ」

日本がどんどん勝ってるというのに、食べ物だけはどんどん少なくなっていく。お芋や、豆をたくさんまぜてごはんを炊くようになった。

「まるで目かくしされてるみたいに、食べ物が消えていくねえ」

タカさんは言う。

隣組の回覧板にはこんな言葉が書かれていた。

「なにがなんでも　かぼちゃをつくれ」

タカさんはお店の前の小さな植え込みにかぼちゃの苗を植えた。

このところ、お店屋さんがどこも閉まっている。売るものがないのだ。少しでもあれば、長い、長ーい行列ができる。でもすぐ売り切れ。並んでも買えないときの方が多い。食べ物を手に入れるのは、たいへんな仕事だった。

タカさんと私はリュックサックをしょって、近所の人と、東京の郊外の農家に買い出しに出かけた。この日は、親切な人と会うことが出来て、お餅《もち》と、小豆と、鶏肉《とりにく》まで買うことが出来た。ところが途中の駅で、電車が急に止まったかと思うと、どかどかとお巡りさんが入ってきた。みんないっせいに電車から飛び降り逃げ出した。私もタカさんも窓からとびだして、線路を走った。でも年寄りと子どもの足ではとても逃げられない。捕まって、食べ物を全部、取り上げられてしまった。私の小さなリュックだって、さかさにして、中身を抛《ほう》り出された。

「まだあるだろ。ぜんぶ、出しなさい」

あたりかまわず、まるで泥棒でも見つけたように怒鳴る。配給以外の食べ物は、自由に買っても売ってもいけないのだ。闇取引になってしまう。でも配給だけでは、とても足りない。生きていけない。だからみんなこうして買い出しに出かける。

「なにも、こんなばあさんや子どもから取りあげることないじゃないの。馬車いっぱいの闇のお米を売買してる人もいるのに。そういう人は捕まらないんだから」

タカさんは疲れて、座ったきり、しばらく立てなかった。でも気持ちはかんかんに怒っていた。こんなことを一月に二回はしなければならなかった。もちろん捕まらないで、桃太郎さんの凱旋《がいせん》みたいに、宝物をしょって、無事家に帰りつくこともある。その時は宴会だ。お餅に、ちょびっとお砂糖入りの黄粉《きなこ》をかけたりして……。だけど取り上げられた食べ物はどこにいくのだろう。ずっとこのことが頭から離れない。兵隊さんにあげるならいいけど、タカさんが言うように、なんだかあやしい匂いがする。

突然、タカさんの家に「建物強制疎開」の通知が来た。家の前の道路を広くして、空襲になったとき、爆弾で火事になっても炎が広がらないように、また戦車が通りやすくするために、並んでいる家を一列全部壊すという。それで住人は早く立ち退《の》くようにというのだ。「いや」とは言えない。お国の命令なのだから。

タカさんはじっとその通知を見ていた。目を細くして、黙っている。この家はもともとおじいちゃんの家で、タカさんと結婚して、いっしょに洋服の仕立屋さんをしていた。セイゾウさんも、お兄さんのコウジさんもここで生まれて育った。思い出がいっぱいある家なのだ。

「仕方がないね。お国のためだもの。わがままは言えないよ」

ぐずぐずしていられなくなった。

セイゾウさんは、お店で働いていた、小僧さんのヤスちゃんの家を頼って疎開することにした。そこにヤスちゃんがいるわけじゃない。もうとっくに兵隊さんになっている。ヤスちゃんの家は利根川《とねがわ》と江戸川《えどがわ》が分かれるあたりで、山川村という小さな村だという。

「東京からも、割と近いし、空襲もなさそうだし。汽車で三時間もあればいける。これからは田舎で暮らす方がいいかもしれないよ。戦争は時間がかかりそうだから」

セイゾウさんは工場を休ませてもらって、出かけていき、家を一軒借りてきた。

「イコ、あそこはいいぞ。畑もついてる。芋でも、トウモロコシでもつくれる。それに大きな森もある。もう心配はない」

セイゾウさんは、私と同じでせっかち。なんでも大急ぎできめて、いいことばかり言う。

「イコも行くんだよ。おとうさんたちと。こんなご時世だもの、家族はいっしょにいるほうがいい」タカさんが言った。

「うん」

私はうなずいた。でも、このいっしょって、どっかちょっと変だ。私はタカさんを見た。

「私はね、三鷹《みたか》のコウジのとこに行きますよ。あそこなら安全よ。何もないから。敵さんだって、あんな所に爆弾を落としたってしょうがないものね」

三鷹のおじさん、コウジさんは着物の問屋さんに勤めていた。兵隊さんになるには歳を取っていたので、やっぱりどこかの工場に徴用されている。

「でもさ、田舎の方が安全よ。いっしょに行こう」

私は言った。

「私は東京うまれだし、いまさら離れたくないの。これだけは年寄りの我《わ》が儘《まま》ゆるしてちょうだい」

「おかあさん、今は戦争してるんだから、そんなことは言わないで。三鷹は東京は東京だけど、はずれですよ。田んぼや畑ばかりですよ」

セイゾウさんが言った。

「そ、そうですよ」

光子さんも口をそろえた。

「でもね、セイゾウは次男です。私は長男と暮らしますよ。それがいいのよ。おじいさんが死んだとき、そう決めたんだけど、イコのことがあったから、のばしてたのよ」

タカさんは、もう決まりですっていうように、はっきり言った。体中がこっちんと固くなっている。

「じゃ、わたしも東京にのこる」

私はすごくだだをこねたくなった。

「絶対そうする！」

「イコ、この家は無くなっちゃうのよ。東京だっていつまであるか。あんたはおとうさんと、おかあさんとヒロシちゃんといっしょがいいのよ」

えっ、おかあさんといっしょ、この人と……私の胸にこつんと何か引っかかった。

隣組の人たちに手伝ってもらって、タカさんはばたばたと家を片付け始めた。私は一応深川の家に引っ越したけど、またすぐ移るのだからと、学校には入らないことになった。タカさんの荷物はとっても小さかった。行李《こうり》がたったの二つ。

前から、金属製のものは、武器にするために供出するようにと、命令が区役所から回ってきていた。タカさんは商売道具のアイロンやコテはひとつずつ残して、すき焼き鍋《なべ》や、真鍮《しんちゅう》の火鉢、金盥《かなだらい》など、後は全部出した。でもミシンだけは供出しなかった。これがなければ食べていけないと頑張った。おじいちゃんが大切にしていたものだから離れたくなかったんだ。でも、引っ越しの荷物のなかには、それがなかった。

引っ越しの日、セイゾウさんと私はタカさんの家に手伝いに行った。

「イコ、あんたにお人形を作ったわ。一緒に田舎まで連れてってあげてね」タカさんは障子のかげから、風呂敷包みをとりだして、結び目をほどいた。

だらーん。

お人形さんが出てきた。すごく大きい。手と足が長くて、ぶらんぶらんしている。人形というより、小さな女の子みたい。私はあわてて人形を抱えた。お正月のお年賀に、馴染《なじ》みのお店屋さんが、店の名前が入った手拭いを持って挨拶《あいさつ》にくる。この頃ではそんなことをするお店も少なくなったけど、タカさんはそれを取っておいたらしい。

お人形はそんな手拭いを縫い合わせて出来ていた。道理で手や足が長いわけだ。木口《きぐち》酒店とか、笹野《ささの》畳店とか……青い色の印刷文字がついている。髪の毛は黒い毛糸、目は黒いボタン、口と鼻は墨で描いてあった。水色の帽子をかぶり、ワンピースを着ていた。もんぺじゃなかった。衿《えり》のとこに白いレースがちょこっとついてる。

「ありあわせだけど……服と帽子はギンガム格子、取って置きの舶来物よ。どう、気に入った？」

「うん、かわいい」

私はすぐ、「チエコさん」と名前をつけた。

セイゾウさんは近所の自転車屋さんから借りたリヤカーに、タカさんの荷物を載せた。セイゾウさんがそれを引っ張り、私が後ろから押した。上野《うえの》駅から三鷹まで、チッキにして送ってもらうことになっている。タカさんはもんぺ姿、胸に、小学生のように、住所、名前、血液型を書いた小さな布を貼り付けてある。大きな風呂敷包みを背中にしょっていた。中にはおじいちゃんのお位牌《いはい》とか、着替えが入っている。それから配給手帳のような、すぐ必要なものを入れた布袋を左肩から右へ、防空頭巾《ずきん》を右肩から左へ、バッテンにさげて、リヤカーのあとからついてきた。普通なら見送ってくれる近所の人たちもまばらで、二、三人だけ。おおかたの人がすでに田舎に疎開してしまったのだ。私は後ろを見ないようにした。この家がなくなってしまうなんて、思いたくない。それから私とタカさん、セイゾウさんは省線にのって、三鷹まで行った。おじさんの家は木がたくさん生えている、小さな神社の隣だった。近くには東京の下町と違って、庭のある家が所々にたっている。

「空気がきれいだわ」

タカさんは言った。私はほっとした。

それから半月ほどして、私たちも疎開することになった。荷物はタカさんよりずっと多い。箪笥《たんす》や、食器戸棚、布団は古い畳表でくるんで、縄で縛った。台所の鍋やお茶碗《ちゃわん》はリンゴ箱に入れ、着る物は、行李に詰めた。そして、私たちより先に着くように、貨物で送り出した。それを、ヤスちゃんのおやじさん、「鋳《い》かけどん」が、むこうの駅で受け取って、家に入れておいてくれることになっている。「鋳かけどん」なんて、へんな苗字《みょうじ》だと思ったら、それは屋号というのだそうだ。ご先祖さんの誰かが、鋳掛け屋さんをやっていたのだという。

「鋳かけどん」

屋号って、なんだか素敵だ。田舎に住むのだから、うちも屋号をつけようと、セイゾウさんに言ったら、「じゃ、『疎開どん』はどうだ」と言った。

セイゾウさんは工場に行かなければならないから東京に残る。工場へ行くのは国の命令だけど、少しお給料がもらえる。それが私たちの生活には必要だった。

「なるべく休みをもらって、行くようにするよ」


セイゾウさんは三日だけお休みをとって、疎開先までついてきてくれた。

私たちのように疎開する人やら、買い出しの人やらで、汽車はものすごく混んでいた。行列なんて無視して、窓から無理やり乗り込む人もいる。私たちはやっとのことで乗れたけど、ぎゅうぎゅう詰め、立ったきり、体を動かすこともできない。下駄《げた》で足を踏まれたり、肘《ひじ》でごんとこづかれたり。人の洋服にこすれてあごがひりひりする。口をぱくぱくさせても、思うように息ができない。小さな私は覆いかぶさってくる人の体に藁苞《わらづと》の納豆みたいに囲まれていた。このまま上にどんどんかぶされて、死んでしまうかもしれない。

「イコ、大丈夫か？」

離れたところから、セイゾウさんの声が聞こえてきた。「手をお出し、ここだよ。おとうさんの手を握るんだ」

人と人の間から、指が出てきた。私はそれにすがりついた。

「うーん」声にならない声をあげて、力いっぱい人を押しのけると、セイゾウさんは、あかんぼのヒロシを差し上げるように肩のところで抱いている。

「ここに、子どもがいるんです！　おさないでください。おねがいです！」

セイゾウさんは大きな声を上げた。ふっと周りがゆるくなった。セイゾウさんの国民服のズボンと、その下のゲートルが見える。握った手が素早く私を引き寄せた。

「大丈夫か？」と光子さんにも声をかけてる。

「ええ、大丈夫よ」

光子さんの声がする。見れば、椅子の上にぎっしりと人がたっている。汽車の揺れで落とされないように、手をのばし、天井を押して、つっかい棒にしている。ふーっと息が出来るようになった。ヒロシがひきつるような声で泣き出した。小さいのに、いままで我慢していたのだ。

駅に着くごとに、少しずつ人が降りていった。やがて、私たちが降りる上沼《かみぬま》駅に到着した。駅前には牛が引く荷車が待っていた。

「鋳かけどんのおじさんだ」

　セイゾウさんが言った。

「よくいらっしゃいました。お疲れだべ」

　鋳かけどんは頭を下げた。毛のない頭のてっぺんがまんまるに光ってる。鋳かけどんさんの、やかん頭……似合ってるって、おかしかった。

　荷車にまず荷物をのせ、私とヒロシと光子さんがそのわきにすわった。セイゾウさんはそばを歩く。牛の鼻の穴に大きな輪っかを通して、そこにつないだ縄の先を鋳かけどんが引っ張って歩く。

「すごかったあ、死ぬかと思った」

　私はくたんと荷車の囲いに寄りかかった。

　セイゾウさんはズボンのポケットから出した、小さな紙袋に指を入れ、氷砂糖のかけらをつまむと、私の口とヒロシの口に入れてくれた。私は舌で転がしながらうっとりとした。口の中を甘い小川が流れていくようだった。

　引き綱を引っ張られるたびに、牛は鼻をくいくいっと上に向ける。その恰好《かっこう》がおかしい。「よいしょ、よいしょ」って言ってるみたい、牛も大変なのだ。

荷車はごつごつと固く動きながら、進んでいった。道は荷車のわだちのあとで、深く凹《へこ》んでいて、やっと通る狭い道に幾本も重なりながら続いている。これ道っていうのかな。すごいでこぼこ。体もでこんぼこんと動いて、荷車の板にあたる。もう二時間ほどつづいている。お尻《しり》がいたくて、浮かしたり、おろしたり。

「あの森のところを、曲がったらすぐだから」

鋳かけどんが言った。

曲がるとさらに道はでこぼこになり、狭くなった。前の方は両側から木がびっしりとかぶさるようにしげって、まるでトンネルのようだ。明るいこっちからは、真っ黒な口が大きく開いているように見える。

いやだ、陰気な道！

思わず首をひっこめる。

するとそのトンネルの手前に草がぼうぼうと生えた細い横道が現れた。そこを左に曲がると、急に前方が明るくなり、開けたところに入っていった。

「ここだよ」

セイゾウさんが言った。

草がぼうぼうと生えた中に、板戸がぴったりと閉まった家が、一軒ぽつんと建っていた。かやぶきの屋根は垂れ下がるように低く、全体に灰色っぽく見える。まず目に入ったのは、小さな庭の真ん中に、突き出ている奇妙な形のものだった。先が二股《ふたまた》になった丸太が立っていて、そのあいだに、太くて、長ーい竹が斜めに載っている。上を向いてる竹の先には、細い竹が縦に下がって、地面に置いてあるドラム缶のような物のなかに下りている。反対側の竹の先には一抱えほどの石が括《くく》り付けられていて、地面にちかいところまで下がっていた。巨大な弓のようだ。この石を飛ばして、アメリカの飛行機を狙い撃つんだ、きっと。

するると、鋳かけどんが手拭《てぬぐ》いで汗を拭きながらやってきて、細い竹を両手で握って、下げた。石が付いた竹はぐーんと上がっていった。びちゃーんと音がする。すると今度は下げた竹を上にひっぱった。同時に石の付いた反対側の竹は重みで下がっていく。すると細い竹が上ってきて、その先に現れたのは水がいっぱい入った桶《おけ》だった。

鋳かけどんは桶を傾けると、ごくごくと水を飲み始めた。

「これが井戸なの？　ここで水をくむの？」

光子さんが不安そうな顔をする。

「あの石が重しになるから、見た目より簡単だよ。すぐ慣れる。だいじょうぶ」

セイゾウさんが言った。

「イコにだってできるよ」

私は井戸をのぞき込んだ。遠く下の方に私の顔が水に小さく映って、揺れていた。タカさんのうちには水道もあったけど、井戸もあった。井戸はポンプの取っ手をぎこぎこ上下に動かすと、簡単に水が出てきた。こっちの井戸は大げさすぎる。

「おとうさん、ポンプに変えればいいよ」

私は言った。

「なあ、できればねえ」

セイゾウさんは口をむっととんがらせた。

鋳かけどんは牛をひっぱっていくと、庭のはじの木にくくりつけた。牛はそばの草をもぐもぐと食べ始めた。草はずいぶんと伸びていて、牛の顔が隠れてしまう。牛は口をひっきりなしに動かしている。口がくたびれないのかなあ。私は近づいて、そばの草をちぎって、口のところに持っていってやった。と、そのとたん、牛は角をぐいっと掬《すく》い上げるように動かして、私に向かってきた。「うるさーい！」って言ってるようだった。私はあわてて後ずさり、草に足を取られて、しりもちをついた。鋳かけどんとセイゾウさんが走ってきて、私を牛から離した。牛ってああやって角を使うんだ。疎開して初めて知ったことだった。もう二度と近づかない。

鋳かけどんはがたがたと音をさせて、板戸を開け始めた。中には深川から先に送っておいた荷物が置いてあった。つぎつぎ縄をほどき、セイゾウさんと一緒に並べていく。箪笥は奥の部屋、お鍋なんかは、流しの上の棚。だんだんと家らしくなっていく。おおかた並び終えると、鋳かけどんは「じゃ、これで……」と言って、また荷車に牛をつないで、ごとんごとんと帰っていった。

私はおそるおそる家の中を見回した。広い土間がある。そのすみに、お風呂桶。下の方に火を焚《た》く四角い穴がついていて、細い煙突が立ち上がって、壁から外に突き出ている。少し離れて、ご飯を炊く土を固めたかまど、流し、そばに大きな桶。水道はないから、庭の井戸水をここにためて、料理なんかに使うということなのだ。東京とは形がまるで違う。土間から座敷に上がると、庭に向かって廊下が延びている。それにそって部屋が二つ並び、廊下の向こうには大きな部屋があって、板戸が二つに仕切っていた。一階建てなのに、二階建てぐらい天井が高い。途中に太い木がわたっていて、すすけた神社のお札が一枚貼ってあった。部屋には荒い縄で編んだごつごつしたむしろが敷いてある。歩くと足の裏が痛い。

「ここで、寝るの？」

光子さんが恐そうに見回しながら言った。

「ああ、家主さんに畳を入れてくれって頼んだんだけどね。今は人手がないし、材料もないって。しばらく待ってくれって言うんだよ。ちょっとの辛抱だよ」

「あっ！」

私は飛び上がった。ふくらはぎのところが痛痒《がゆ》い。もんぺをめくると小さな赤っぽい虫が三匹、食いついている。もう片方の足にも……。

「おとうさん、なに、これ」

私は足をばたばたさせた。

「のみだよ」

セイゾウさんは一匹つまんで、親指どうしの爪と爪を合わせて、ぱちんとつぶした。のみなら、知っている。タカさんの家にだっていた。でもこんな獰猛《どうもう》じゃない。夜になると、こそこそとお布団の中に潜ってきて、一か所か、二か所、遠慮っぽく嚙《か》んでいく。朝になってかゆいのに気がつくくらいだった。こんなに一度に飛びつくなんて、体中がぞくぞくしてきた。

「今まで、人がいなかったから、お腹をすかせていたんだよ。イコの足を見たら、おいしそーうって、大喜びってわけさ。今に慣れるよ」

やだ！ほらまた飛びついてきた。

「ねえ、いやよねえ」

私は光子さんに言った。

光子さんは顔をくっとしかめて、もんぺをはいた、足をバタバタした。セイゾウさんは平気な顔してる。ずるいよ、ゲートル巻いてるからだ。

「いやだ、いやだ、かゆいよー、東京に帰りたーい！」

「イコ、ちょっとの我慢だよ。何か退治する薬があるだろ。明日《あした》、村に行ったとき探してみよう」

ぞっとすることはまだまだあった。お便所。なんと家の外にある。歪《ゆが》んだ戸を開けると、大きな樽《たる》が埋め込まれていて、板が二枚渡してある。それにまたがって、おしっこをするのだ。おちたら大変。地獄だ！

「こりゃ、すごいな。鋳かけどんに頼んで、蓋《ふた》を作ってもらおう。しばらくは用心して、使うんだよ。真ん中にきちんと足を置くんだよ。はじっこだと、板がとびあがって、おでこにぶつかるからね」

「げっ、おでこ？」

でも、でも、夜はどうするのよ。家の外に行くの？　ここしかないのよね。だとしたら、無理、絶対無理。おしっこ、我慢しちゃおう。絶対行かないことにしよう。でも、でも……どうしても行きたくなったら、どうするのよ。

いいや、庭でしちゃおう。外なんだから、おんなじだもの。

でも、でも、夜よ。庭もきっと真っ暗。

私は超特急で目を動かし、つぎつぎ周りを眺めた。

覆いかぶさるように家を取り囲んでいる、ぼってりとした森を見た。黒くてもこもこして、すごい、こっちに迫ってくるみたい。昼間だって、こんなに恐ろしく見えるのに、夜はどうなっちゃうのだろう。あんなのがお隣さんだなんて、とんでもない。

私は急に無口になり、わけもなくふるえてきた。

東京から持ってきたおにぎりに、お味噌汁《みそしる》をつくって、夕飯にした。お味噌汁を作るのだって、大変だった。まず水をくむ。お鍋に水をいれて、かまどに載せ、火をつける。この火が大仕事。本郷も深川もガスがあったから、マッチ一本で、火がついた。ここでは、鋳かけどんが置いていってくれた、マキを燃やさなければならない。なかなか火がつかない。それに煙!! 煙たい煙。避《よ》ければ、避けるほど意地悪く追いかけてきて、目を攻撃してくる。

光子さんの目も真っ赤。ヒロシはぐずりながら、咳《せき》が止まらない。私は外に逃げ出した。ちょっと前までは、忙しい時は、御蕎麦《そば》屋さんに言えば、出前を持ってきてくれたのに。あんなこと夢の中のような気がする。

「どれどれ……ほら、よく、空き地で落ち葉を燃やして、焼き芋やいただろ。あの要領でやればいいんだよ」

セイゾウさんはみんなの気を引き立てるように明るい声で言って、置いてあった火吹き竹をぷーぷーと吹きながら、火を熾《お》こした。

「イコ、明日、学校へ行こう。この前、来たときに、手続きしておいたから」

セイゾウさんがお味噌汁をすすりながら言った。

「えっ、もう？」

「あさってには、おとうさんは、東京に戻らなくちゃならない。三日しか、おやすみをもらえなかったんだよ」

「どんな学校だった？」

「特別変わってなかったよ。玄関の前に池があって、大きな赤い鯉がおよいでいた。校長先生にもちゃんとお願いしておいたから、心配ないよ」

「なら、ランドセルしょっていくんでしょ。探さなくちゃ。どの荷物に入れたっけ……」

私は転校生になるのだ。

東京の学校では、私と同じように「さよなら」って言って、疎開していく子ばかりだったけど、三年生だったとき、ひとり転校生が来た。

「中川《なかがわ》サツキといいます。九歳です」

みんながわーっと笑った。九歳！……だってほとんどみんなが、九歳なのに。

明日、私もちゃんとご挨拶しよう。素敵な転校生になるんだ。

「西田イコです。東京から来ました。よろしくお願いします」って。

光子さんが行李の中から、洋服を出してきた。おじいちゃんの縞《しま》の着物で作った、よそ行き用のもんぺ。上着は白と黒の格子柄、衿《えり》は白いキャラコ。もんぺは腰をひもで結ぶのではなく、ゴムが入れてある。中学生のお兄さんたちが着るような、裾はゴムなしのズボンの形。ポケットは一つ、前につけてある。もんぺだけど、タカさんがつくると、ちょっと違う。気取ってるんだ。上着の胸には、もう名前と住所と血液型を書いた布が縫い付けてあった。いつの間にか、タカさんが書いてくれたらしい。

私は防空頭巾を肩から下げた。

「よくにあうわ。いい洋服ね」

光子さんが言った。

「イコ、学校に行くにはね、あの森の中のトンネルみたいな道を通っていくんだ。その道へは、うちの庭から入っていけるんだ。便利だろ」

セイゾウさんが言った。


次の朝、セイゾウさんは私の手を握って、ぼうぼうと生えた草をかき分けていく。

「明日《あした》、帰るまでに、草を刈って、歩きやすいようにしてあげよう」

草のむこうには、木が高々とそびえている。その手前に、トンネルの入り口があった。中から湿った風が吹いてくる。

「このむこうに、学校があるの」

私は体を傾けて中をのぞき込んだ。ぬるぬるした感じで、なんだか気持ちが悪い。

「そうだよ。この道を抜けてから、大分歩くけど……ね」

一歩、トンネルに入ったとたん、だれかに目かくしされたと思った。暗い。ひやっとしてる。つまずきそうになって、下を見ると、木の根っこがごつごつして、こぶだらけの道だ。

「おとうさん、恐いよ」

私はセイゾウさんの洋服の裾《すそ》をつかんだ。

「ゆっくり歩けばいい。すぐ慣れるよ。イコなら大丈夫」

セイゾウさんは私の手を握って、ぶるんとふった。イコなら大丈夫って、セイゾウさんはいつも言う。それが、大丈夫じゃないのよ。だれにも言ったことはないけど、おかあさんが死んでから、特に暗いとこが恐くなってしまった。おかあさんのお骨を入れるとき、お墓の中は真っ暗だった。死んだらあんな真っ暗なところに入れられちゃうんだ。夜一人でお便所にいくとき、暗い廊下がお墓の穴に見えた。恐いからぎりぎりまで我慢した。言えば、「小学生にもなって」と言われるにきまってる。弱虫と思われるのも嫌だったから、足をこすり合わせて、必死で朝になるのを待った。

「ほかの道はないの？」

私は聞いた。

「これが一番の近道だそうだよ。あるにはあるけど、すごく遠回りになるらしい。二時間はかかるって。こっちだと一時間ぐらいで行けるから」

「そんなに遠いの」

「田舎だからね、しょうがないよ」

「おとうさん、もういや。ここ、恐いよう」

私は泣きそうになって、セイゾウさんにしがみつく。

トンネルの道は木でおおわれている。木の壁が続いているみたいだ。木は太いのも、細いのもある。まっすぐなのも、絡み合っているのもある。上からおばけの髪の毛みたいに枝が垂れ下がっていたりする。遠くの方でちらちらっと光が動いて、すぐ消えた。

履いてる運動靴はタカさんがどこからか買ってきたものだから、ぶかぶかで、転ばないようにつま先に力を入れなければならない。歩くとぐにゅぐにゅっと変な音もする。

少し引っ込んだところに、黒い四角い石が立っている。人みたいに見える。

「あっ」

私はセイゾウさんの後ろに隠れた。

「大丈夫。道祖神《どうそしん》だよ」

「道祖神って？」

「道の安全を守る神様。道を通る人を守ってくれる神様さ。あしたからはイコも守ってくれるよ」

セイゾウさんは近づいて、コケがついている石を手で拭《ぬぐ》った。

くねくねとした字みたいなものが現れた。呪文《じゅもん》みたい。セイゾウさんが石の裏側を覗く。

「これは昔のお墓かもしれんな」

「いやだあ、お墓なんて！」

「どっちにしろ、古いもんだよ。古いお墓は、みんなやさしい気持ちに変わってる。毎日、通るたびに、お願いしますって、手を合わせるんだ。仲良しになっちゃえば、この道も恐くない、平気になるよ。これからは、なんでもそれが一番だよ。仲良しになることだ」

いやだ、いやだ。お墓だなんて。仲良くなるなんて、とんでもない。こんなところに私を置いてきぼりにして、明日にはセイゾウさんは深川に帰ってしまう。私を守ってくれる人がいなくなるんだ。一人ぼっちにしないで。

「おとうさん、わたしも東京に帰りたい。空襲にあってもいい。死んだっていい。お父さんが工場へ行っても、深川のうちで、一人でお留守番するから。こんなところに住むなんていやだ。おねがい」

私はセイゾウさんのせなかに顔をうずめて、ぐすぐすと泣き出した。

「大切なのはイコの命だよ。東京はあぶない。ここはイコを守ってくれる」

セイゾウさんは私の肩をぽんぽんとたたき、抱きかかえて歩き続けた。

急に明るくなった。

「ほら、出口だよ。泣くのをやめて。トンネルはいつまでもトンネルじゃない。必ず出口があるんだから。イーコちゃん、さ、御目々を開けて」

セイゾウさんはあやすように言った。そっと目を開ける。まぶしい。空も青く光ってる。

トンネルからの道は緩い下り坂になっていた。その先には小川が流れ、丸太が二本、橋の代わりに渡してある。そのあと、道は少し急な上り坂になっていく。

「ごらんよ。沼だよ」

セイゾウさんが右の方を指さした。

見ると、丸い沼、水がお日様の光の中で、こまかく動いてる。

「小さいのね」

青い空を映して、畑の中の目みたいだ。

「でも、案外深いらしいよ。イコ、気をつけるんだよ」

沼から流れ出た水は小川になって橋をくぐって、遠くの田んぼの方に流れているらしい。

私はおそるおそる後ろを振り向いた。トンネルの道はぞっとするような真っ黒い口を開けて、まだいる。このぴかぴかしたお日様の下に、あの気味の悪いトンネルがあるなんて、今はもう信じられない。

「あの沼、なんて名前なの？」

私はちょっと元気になった。

「さあ……なにかな……よーし、おとうさんとイコで名前をつけちゃおう」

きゅうに気持ちが弾んできた。

「えーとね……あたしは『イセ沼』がいいな。イはイコのイで、セはセイゾウのセ」

セイゾウさんは両手で私の顔を挟んで、ぶるぶると動かした。大きな声で笑った。

私も笑った。


山川村の学校は、本郷とは比べものにならないぐらい大きい。校庭も広い。正門を入ると、二宮金次郎《にのみやきんじろう》の銅像があった。薪《まき》を背負い、真面目な顔をして本を読んでいる。東京の学校とそっくり同じ形をしているのに、ちょっと安心した。玄関には日の丸の旗が立っていた。私とセイゾウさんはそこで立ち止まって、深くお辞儀をした。

「みなさん、四年二組に、東京から、転校生が来ました。仲良くするようにね」

受け持ちは若い女の先生で、鈴木《すずき》先生といった。私は教壇の上に立ってお辞儀をした。

教室は生徒でいっぱい。みんな絣《かすり》か、縞《しま》の着物にもんぺをはいてる。じっと座って、だまって私を見ている。ちょっとふるえた。私は教室の後ろに立っているセイゾウさんをちらっと見た。

「わたしは、西田イコです。東京の深川というところから疎開をしてきました。よろしくお願いいたします」

思い切って大きな声を出した。

とたんにみんなの頭が揺れた。

「ふくふふふー」みたいな変な笑い声。

「わたし〜」「わたし〜だって」「いたします〜だって」

こそこそ話す声がする。じろっと横目で見ている子もいる。

私はどうしていいかわからなくって、だまってしたを向いていた。こんなにいじわるな笑い方をされるのは初めて。なにか変なこと言ってしまったかしら。怒りたくなった。負けてはいられない。顔をぐっとあげて、「仲良くしてくださーい」と、精いっぱい声を張り上げた。「ふふふふ」「けけけへへー」混ざり合った笑い声。「さーい、だって、ひょー」という声も聞こえてくる。学校が変われば、何かが変わる。楽しいことがきっとあるって、すがるような気持ちで、ここに立っているのに、必死で明るい声出したのに。この反応はなに！　三年生の時の転校生みたいに人気者になれると思ったのに、そうならないみたい。休み時間になると、私はなんだか恐くなって、いそいでセイゾウさんのそばに行った。セイゾウさんは私の肩に手をおいてぽんと叩いた。

「おとうさんは先に帰るよ。いろいろ用事があるから……明日までに、やることがいっぱいあるんだよ。菜っ葉や玉ねぎを植えてみようと思っている。それに、マキを割ったり。いいね、イコ」

「いや、わたしも、帰る。いっしょに帰る！」

セイゾウさんは、おやっというように眉をひそめた。

「それじゃ、帰るか。先生、明日から、よろしくお願いいたします。明るい子ですから」

セイゾウさんは鈴木先生に、頭をさげた。私はセイゾウさんについて、教室を出た。

「明日からは一人だよ。学校の前の道をずーっと歩いてくれば家だよ。一本道だから、間違えようがない」

その一本道がいやなのに。

「みんなと仲良く、それが一番だ」

「いや！」

自分でもびっくりするほど大きな声で叫ぶと、セイゾウさんの腰にしがみついた。

「どうしたんだ。イコ、まったくどうしたんだ」

セイゾウさんも驚いている。

みんなぞろぞろと私の方に寄ってきた。でも、あまり近くには寄ってこない。少し離れたところに止まって、だまってじろじろと見ている。

私はしまった、と思った。ダダこねてるところを見られてしまった。

「じゃ、今日は帰るとして……」

セイゾウさんはみんなの方を向いていった。

「じゃ、君たち、さよなら。明日からイコをよろしくね」

セイゾウさんは頭をさげた。

私もだまって頭をさげた。

学校の近くにはお店屋さんが二軒あった。その一軒の雑貨屋さんで、セイゾウさんは、石灰を買った。

「これを家の周りに撒《ま》けば、のみも少しはいなくなるだろう」

帰りのトンネルは、セイゾウさんにしっかりつかまって歩いた。

「おとうさん、だいすき。おとうさん、だいすき」

私はずっとおまじないのように心のなかで呟《つぶや》いた。

セイゾウさんは、家の周りに石灰を撒いて、畑に小松菜の種を蒔《ま》き、鋳かけどんから譲ってもらった玉ねぎの苗を植えた。

「おとうさんは明日は午前中に帰るから、後はイコ、水をやってね。野菜だって、のど渇くんだよ」

私はだまってうなずいた。

あの井戸の水を……か。出来るかなあ。

「じゃ、イコ、いいね。休みが取れたら、また来るからね。しっかり勉強するんだよ」

セイゾウさんは私の頭を何回もなぜた。

「うん」

私はこくんとうなずいて、家を出た。

トンネルの入り口で、私は何度も大きく息をついた。ぼってりと重い木々の間を蛇のように道はくねっている。胸がどきどき、その音がトンネルに響きそうだ。なるべく早く通り抜けたい。私は下駄《げた》を脱ぎ、それをむねに抱えて、「さ、いくぞ」。

あっ、足袋《たび》が汚れちゃう。私は足袋を引っ張るように脱いで、下駄と一緒に胸に抱えると、前だけを見て、裸足《はだし》の足で走り出した。背中でランドセルががたがた揺れる。お墓の前は足がすべる。ごつごつした木の根っこが痛い。前のめりの体が転びそう。お墓の前は目をつぶって通り過ぎた。やがて、前の方が明るくなり、セイゾウさんが言ったとおり出口が現れた。私は明るい光のなかに、飛び出した。はあ、はあと荒い息をしながら、立ち止まる。見れば足の裏は泥だらけ、冷たくって、くるぶしのところまで赤くなっている。そばの草に裸足の足をこすりつけ、泥を落として、足袋をはいた。ほっとした。足袋を脱いでよかった。はいてしまえば、泥だらけの足がかくせる。下駄に足を滑り込ませる。

やった！

私は一人でトンネルを通り抜けた。そして思った。

「田舎の子になってやる」

休み時間になると、みんな体を私の方に向けて、じっと見ている。だまって見られるのは、つらい。私は勇気を出して、くっと首をかしげ、笑いかけた。つられて笑いそうになった子もいた。でもおおかたは、じっと見つめるばかり。私は下を向くのも癪《しゃく》だから、目の前の黒板を睨《にら》み付けた。

とうとうひとりの男の子が口を開いた。あごをつき出して、おどけたように女の子の声で言う。

「いやだあ、あたし、ないちゃう」

みんながいっせいにきゃーっと笑った。

「そうですもの〜、あたし、いやだわ〜〜」

二、三人の男の子が体をくねらして、口を合わせる。

女の子たちは手を口に当てて、隠すように笑っている。でもだまって見ていられるより、よっぽどいい。

「ここが我慢のしどころだよ、イコも私もね」

別れるとき、タカさんは言った。我慢なら、もういっぱいしてる。

私はぐるっとみんなを見て、言った。

「『あたし』じゃいけないの？」

みんな、しーんとして、あわてて目をあちこちとずらしてる。

「あたしじゃなければ、なんて言うの？　教えて」

すると、さっき一番に口を開いた男の子がはじけるように言った。

「お、れ」

「おれ？　女の子でも？」

「そうだ」
二、三人の男の子がいっしょにうなずいた。
「じゃ、私はイコです。よろしくおねがいします、ってどう言うの？」

「おれは、イコだっぺ」

「だっぺ？」

「へー」思わず叫んだ。とっても変な感じ。「イコのおならはだっぺー」って言われたみたい。

「じゃ、お願いします、は？」

「いわね。お願いしてけろ……かな……」

そばの男の子が言った。

「そうたら、おれは、ノボルだっぺ、ぺぺぺ、これから友達だっぺよ」

さっきからしゃべってる男の子が言った。おちゃらけている。

ノボルだっぺ。でもいい。名前がわかれば、話しかけられるもの。

その時、教室の後ろの方にすわって、しきりに帳面に何かを書いている子が目に留まった。ぼさぼさと毛がはねてるおかっぱ頭が下を向いている。みんながこんなに騒いでいるのに、新しく転校してきた私にまったく関心がないみたい。一人、別の世界にでもいるようだ。着ているものも、みんなと違っていて、桃色のセーター。でも、古い。肘《ひじ》のところは両方とも、桃色とはぜんぜん合わない黒い布で継ぎが当たっている。でも穴はそれより大きくなってしまって、腕が見えてる。手首のところもほどけて、ギザギザになっていた。

「ソカイっ子だ！」

私はとっさに思った。

帰りもトンネルを必死で走った。トンネルを抜けたところで、私ははっと立ち止まった。足袋をどうしよう。表は汚れてなくても裏は泥だらけ。光子さんがなんて言うだろう。のろのろと家に向かう。木立の向こうに、井戸の竹竿《たけざお》の先が見える。あ、そうだ、私が洗えばいいんだ。庭に井戸があって助かった。この気に入らない田舎にも一つはいいことがあった。家に帰ると、そっと足袋を洗った。見えないところに干した。きれいに洗ったつもりだったけど、中からじわーっと泥色が染み出てくる。すぐ、光子さんに見つかってしまった。

「イコちゃん、足袋はね、裏返して洗うものよ」

光子さんは足袋を盥《たらい》に放り込むと、洗い直した。私はだまってそばに立っていた。もっとほかのことを言ってほしかった。どうしてこうなったかと、聞いてほしかった。その時、初めて、これから私は光子さんと暮らしていくことになるんだと思った。セイゾウさんがいないと、光子さんはまったく知らない人だった。なにを話していいかも分からない。

「お腹すいた」とも言えないし、学校のことを話すこともできない。それにむこうから聞いてもくれない。


トンネルは往《い》きと帰り、毎日二回通らなくてはならない。息をしないようにして走り抜けても、同じ道なのに、毎回恐い。木のゆれる音も違うし、パキンと甲高い音がしたり、ぴちょんと水の垂れる音がしたり。それに誰かが奥の方から、じっと見ているような気がして仕方がない。木はすこしずつ斜めに傾いて、トンネルが少しずつちぢんでいるようにも見える。突然出口がなくなって、真っ暗な中に閉じ込められたらどうしよう。この恐い気持ちを、だれにも解ってはもらえない。ただの木のトンネルだよって、きっと笑うにきまっている。なぜこんなに恐いんだろう。なんでもないんだ、そう、木がはえてるだけなんだと、いくらつぶやいても、トンネルはゆっくりと大きな息を吐いて、私を暗闇に閉じ込めようとしている気がする。

トンネルはいつまでもトンネルじゃない、必ず出口があるんだって、セイゾウさんは言った。でも、出口が消えることだって、あるかもしれないじゃないの。私にはいつも恐いことが、起こるんだから。誰にだっておかあさんがいるのに、私にはいない。戦争が始まって、大好きなおばあちゃんと離れなくてはならなくなった。セイゾウさんだって、病気が治れば、また戦争に行ってしまうかもしれない。そして、いつか私は迷って、このトンネルから出られなくなるかもしれない。


休み時間にノボルが近づいてきた。

「おめえ、あの闇森《やみもり》のそばに住んでるんだって？」

「あの森そんな名前なの？」

「昔からそう呼んでる。弥助《やすけ》って人のもちものだったたって。でももういねえから、そう呼んでる。暗いものなあ、陰気だ！」

「じゃ、今はだれのもの？」

「わかんね。よくあんなさびしい所住むねえ。おれだったら、いやだ」

私だって、嫌だ。でもしょうがない。疎開するとこがなかったんだから。

「疎開もんはなんも考えないで決めるから。あそこじゃ、芋もとれねえべ」

本当だった。セイゾウさんはこの家を見に来たとき、サツマイモの苗をためしに植えて帰ってきた。それから葉っぱは伸びたけど、出来た芋は細くて、筋張って、ひげみたいに細かった。光子さんはもったいないと、枯れかけた蔓《つる》を味噌汁《みそしる》に入れた。汁が黒くなり、ぬるっとして、気持ちが悪かった。

ノボルはちょっと声を落としていった。

「去年な、おまえんちに脱走兵が逃げ込んだんだぞ。空き家だったからな、隠れてたんだ」

「え！　脱走兵って、軍隊から逃げ出した人のことでしょ。うそー！」

脱走兵は捕まったら、死刑になるって噂だった。

私の体中にびーんと音が走った。家に？　あの私の住んでる家に？

「ほんとだあ。憲兵が来て、押し入れの戸まで、全部ひっぺがして、大騒ぎだった。井戸もさらったべよ」

「それで、見つかったの？」

「ううん、森の中に逃げ込んじまって、出てこね。何日捜してもみつかんなかったってよ」

「なーんだ、ノボルが見たわけじゃないんだべよう」

「おまえ、いなかっぺ言葉、やめとけ。おかしいど」

「だって、お、おれ、覚えたいんだべよう」

しまった！　つっかえてしまった。

「むだな努力ってもんよ。東京の言葉の方が可愛いべよ」

「いいから、わたし、覚えたいの……こっちの子とおなじになるんだから」

「ほれ、わたし、って言った！」

「すぐうまくなるわよ。びっくりするぐらいうまくなるからね。ねえ、ねえ、それで、脱走兵は？　それからどうなったの？　捕まったの？」

「捕まんなかったみてえだ」

「じゃ、まだいるの？」

「まさか、あの森じゃ、食い物ねえし、水もねえし、さむいし。無理だべよ。でも、おまえ、恐いべ」

私は返事をしたくなかった。口から声がぶるぶる震えて飛び出しそうだ。私の寝てるとこで、脱走兵も寝てたんだろうか。

「自殺したって噂だ」

ノボルの声が低くなった。

「あの森で？」

「だべさ」

足がわなわな震えだした。あの森に死人がいる！

「ほんとなの？　あそこで人が死んだの？」

「うーん、わかんね。あの森は気味悪いもんな。暗すぎるべ。隠れたらわかんないかもしんね。でも、まっさか、一年以上もたつんよ。もう死んでるべ」

ノボルの口調は、どこか昔の出来事を話しているみたいだった。でもまだいてもおかしくない。あの森だもの。私はふるえてるところを見られないように、体を固くした。

「ねえ」

私は光子さんに言った。いまだに「おかあさん」と呼べない。特にこの人が嫌いってわけではないけど、おかあさんとは、どうも違うような気がするのだ。だから呼ぶときはいつも「ねえ」になってしまう。

光子さんは私という子供がいることを承知で、セイゾウさんと結婚したんだ。タカさんはそれがありがたいという。でも、肝心の結婚相手のセイゾウさんはいないのだ。光子さんだって、こんなはずではなかったと思っているだろう。あかちゃんが生まれ、うれしそうだけど、あかちゃんのおとうさんはそばにいない。

「ねえ、この家にねえ、脱走兵が隠れてたんだって」

すこし驚かすつもりで、大げさな口調で言った。

「そうらしいわね」

光子さんはお皿を洗いながら、あっさりとうなずいた。

「知ってたの？」

私の声は大きくなった。そんな大事なこと話してくれないなんて。

「セイゾウさんがそんなこと言ってたわ。でもずっと前の話でしょ。空き家だったからよ」

「でも森に逃げたんだって。まだいるかもしれない」

「まさか、捕まってるわよ。そんな簡単に脱走なんてできないのよ」

「ねえ、恐くないの？」

「別に。今、ここに来たら、多分恐いけど、脱走兵は弱虫なのよ。戦争が恐くて逃げだしたんだから」

光子さんは普通の会話みたいな言い方で言った。

「そういえば越してきたとき、戸棚の奥に、かんぱんがいくつか残ってたわ。あれ、脱走兵のだったんだわ」

「それ、どうしたの？」

私は思わず乗り出した。

「気味悪かったから、庭にまいて、太郎《たろう》さんにやっちゃった」

「もったいなーい」

光子さんは、ほほの上にしわを寄せて、悲しそうに笑った。

太郎さんというのは、おんどりで、花子《はなこ》さんがめんどり。光子さんがつがい二羽を農家から買ってきて、放し飼いにしている。夜になると、つかまえて、籠に入れるのが私の役目だ。ときどきとんでもないところに卵を産んでいる。見つけた時は踊りたいほど嬉《うれ》しい。包むように持って、三人で眺め、一つを三つに割って、雑炊に入れて食べる。

「ねえ、イコちゃん、ヒロシをおぶってくれない」

「おんぶしなくても、もう歩けるじゃない」

「でもあちこち走り回るから、目が離せないのよ。これからサツマイモをゆでるの。村の人にちょっと余計に分けてもらったから、乾燥芋にしようと思って。セイゾウさんが来たら、持たせてあげるつもりなの」

光子さんはするすると負《お》ぶい紐《ひも》をほどき始め、トンとヒロシを下ろすと、そのまま返事も聞かずに、私の肩に乗せた。

「じゃ、チエコさんもいっしょにおんぶする」

突然私からぜんぜん関係のない言葉が飛び出した。

「えっ、重くなるわよ。お人形なんだから、そこにすわらせとけば、遊べるでしょ」

なんにも解っていない。おんぶが嫌だから、こんなへんなこと言ったのに。

「ううん、前におんぶする」

私は言い張った。

光子さんはへんな顔をした。明らかに私が嫌がってるのがわかったようだ。

「お芋、茹《ゆ》であがったら、薄く切るの。うちの大切な食べ物なのよ。あなたも手伝ってくれるでしょ」

私の分もあるんだからお手伝いしなさいってことなんだ。それなら、「一緒にやってね」とか、「お手伝い助かるわ」とか、ただそれだけ言ってくれればいいのに。言い方が遠慮っぽ過ぎて、気に障る。

私はおんぶと抱っこをして、森のトンネルの方に歩いていった。チエコさんの足がぶらんぶらんと私の足に当たる。夕方に近いせいで、森はいっそう黒々と静まり返っていた。首をがくんと傾けて寝ているヒロシが背中にいて、チエコさんがお腹にくっついているだけで、少し安心な気がする。いつもだったらこんな時間にトンネルには絶対近寄らないのに。私は勇気を出して、入り口からちょっと入ったところに、まっすぐ立つと、中に向かってふーっと息を吹き入れた。首が前に傾くと、負ぶい紐が肩に食い込んで重い。当然だけど、森は何の反応もしない。人の気配も、鳥の気配もない。もちろん脱走兵の気配も。トンネルはトンネルのまま、左右の森もいつもどおり少しも動かない。夕方の気配を抱え込んで、いっそう静かだ。私が近くに住んでいるというのに、まったく関係ないというように、森はいつも森。知らんぷりしながら、脅かしてくる。少しぐらい、私のこと気にしてくれてもいいでしょ。

私はいきなりひょこんとお辞儀をした。それから東京でお友達を誘うときの気持ちになって、独り言を言ってみた。

「四年二組、西田イコですよ。隣に越してきましたよー。

今日は、『とおりゃんせ』を歌いまーす」

「とおりゃんせ
とおりゃんせ
こーこはどーこの
ほそみちじゃー」

遠慮しながら、よろよろと歌って、おわるときゅうに恥ずかしくなって、早足で家に帰った。

「まあ、ヒロシ、寝ちゃったのね」

光子さんは私の背中からヒロシをおろすと、部屋の布団に寝かした。それから、私は光子さんと一緒に、茹であがったお芋を薄く切って、むしろにならべて、軒下においた。この乾燥芋は、固くなるまでほして、保存食にするのだけど、三日目ぐらいが一番おいしい。途中で食べたらだめよって言われているけど、夜こっそりと取って、布団の中で食べる。こんなに甘いものが、世の中にあったかと思うぐらい甘い。布団のなかの泥棒だから、特別な味がするんだ。

「イコちゃん、今日はお風呂《ふろ》をわかすの。手伝ってね」

「げー」私は胸の中で叫んだ。

「いくらなんでも、お風呂に入らなきゃ。腐っちゃいそう」

光子さんは張り切っている。十日以上もお風呂に入っていない。お湯で体をふいたりして、ごまかしている。お風呂を沸かすにはまず風呂桶《おけ》に水を入れなければならない。それが大変。私と光子さんの二人バケツリレー。バケツより重い桶で、水を一杯一杯あの大げさな井戸からくみ出さないといけない。はだしの足をふんばって、桶をよろよろと運ぶ。水は跳ねて、こぼれ、土間がつるつると滑る。

「もういい、お風呂なんていらない。深川の川べりに住んでいた家なしおじさんみたいに、体中、垢《あか》が壁みたいについたっていい」

私は桶をなげだして、流れ散った水の中に座り込んで、光子さんを睨みつけた。

光子さんは困った顔で、苦笑いをした。額に髪の毛がだらっと垂れて、疲れた顔をしている。光子さんの中でも、急に気持ちがあらあらしく変わっているのがわかる。

でも光子さんは普通の声で言った。

「学校で恥ずかしいわよ」

口応《くちごた》えが止まらない。

「もっと汚い子だっているもん」

私はぐすぐすと泣き出した。

もう、いやだ！

本当に深川に帰れるなら、垢なんて問題じゃない。ここじゃなにもかも一人ぽっちなんだもの。だまって、私の話を聞いてくれる人なんて、誰もいない。普通の話だって、話しかけてくる人もいない。学校では、話せば笑われる。学校でも、家でも、いつもきりきり気持ちを固くしてなくてはならない。ここでは恐いこと、それを想像してもっと恐くなってしまうこと、それが一日中止まらない。

森に隠れたっていう兵隊さんだって、まだいるかもしれない。家にある少ししかない食べ物をねらって、襲ってくるかもしれない。脱走兵なんだから、泥棒なんて比べものにならないほど、凶暴なんだ。あっちは死んでもいい気でいるんだから。

戦争は我慢できる。私だけ我慢できないはずはない。でもその戦争が、私をここに連れてきたのだ。セイゾウさんは、「イコの命が大切だ」って言うけど、もう、イコはイコの命が大切に思えなくなってきた。我慢はいい。ご時世だから。でも、このご時世はいつ終わるの？　食べ物がないのも仕方がない。お風呂一つも大変なのも仕方がない。でもおしゃべりをして、笑ったりする人が欲しい。それがあれば耐えられる。セイゾウさんは出口はいつでもあると言う。でもトンネルにはあるかもしれないけど、ここにはない。東京に帰りたい。

森に囲まれた家ではラジオだってよく聞こえない。耳をくっつけて、必死で聴くと、日本はますます元気に勝ち進んでいる。空襲が少しはあっても、国民はますます勇気をもって、毎日を過ごしている、らしい。

なら、私はここに来なくってもよかったんじゃないの。我慢と文句の二つの言葉が行ったり来たりする。

こんなわがままばかり言って、私は本当に情けない日本の四年生だ。非国民だ。

学校からの帰り、私はいつものようにトンネルのなかを下駄を抱えて走っていた。この頃、トンネルを通るとき、口の中で、いつの間にかおまじないを口にするようになった。

「イコがとおりまーす、イコがとおりまーす、イコがとおりますよー」

これで恐い気持ちが、ちょびっと少なくなるような気がする。

「ねえ、ノボルの家にも、屋号ってあるの？」

「ある」ノボルは当然だという顔をした。

「だってよう、この村には鈴木ってなまえばっかだから、屋号で呼ぶのさ」

「それでなのね。鋳かけどんも鈴木さんなんだ。おれのうちの知り合いよ。ノボルのは？」

「苗屋」

「後に、どんはつかないの？」

「つかないのもある。昔、苗屋をやってたんだって」

「うちはね、つくよ」

そばで聞いていた、キミコが言った。

「こうぞどん」

「どういう意味だべ？」

「昔、紙が作れるこうぞって木、持ってたんだ」

「あ、あたしんちにも屋号あるわよ」

私は急に思い出して言った。どうしても東京弁になってしまう。

「へー、うそだべ」

二人はおかしそうに笑った。

「本当にあるのよ。越してきたとき、『鋳《い》かけどん』をまねして、つくったの。『疎開どん』ってね。わははは」

私は肩をすくめて、大げさに笑った。

「あのさあ、そういえば、いつも本読んでる、あの子、疎開どんだべ？」

私は初めの日から気になっていた、教室の隅で、何か書いたり、読んだりしてる女の子のことを聞いてみた。

「ああ、カズコな。疎開っ子。がり勉。秀才」

キミコが言った。

「東京のどこから来たんだべ」

「知んない」

「付き合うの、やめとけ。くせーぞ」

ノボルが言った。

「学校から東にずっと行った乾燥場にすんでる」

キミコが言った。

「そこ、遠いの？」

「うん」

私はがぜん興味がわいてきた。

がり勉、秀才!!


一年とちょっと前、アッツ島という北の方の小さな島で、日本は初めて戦いに負けたと発表された。今まで、負けたことがなかったから、みんな驚いた。日本が負けるなんて、そんなこと起こるわけがない。すぐに取り返す、大人たちはみんなそう思っていた。でもなんでもないと強がりを言いながらも、ここにきてみんなの気持ちも少しずつ変わってきたように見える。

村の人が食べ物を売ってくれなくなったのだ。政府からの供出も厳しくなったうえに戦争が長引くのではないかと心配して、自分の家の蓄えに回してしまう。

「ない、ないって言いながら、しまいこんでるのよ。この頃、お金じゃ売ってくれないの。セイゾウさんは、自分の洋服や着物で換えてもらったらいいと言うけど、男の人の着物はほしがらないの」

光子さんはお米が少なくなった米櫃《こめびつ》を覗くたびに不安そうに言った。そして箪笥《たんす》の引き出しをあけて、あれこれひっくり返し、自分の着物を一枚引っ張り出すと、座り込んで、膝《ひざ》の上にさっと広げた。きれいな着物がごつごつしたむしろのうえに広がった。

「きれい」と思わず言いかけて、口を押さえた。光子さんはゆっくり目の調子で、着物をさすりながらつぶやく。

「これね、おかあさんがね、なくなるちょっと前に、上野のデパートで、私に誂《あつら》えてくれたのよ。京都《きょうと》の友禅。この薄紅色きれいでしょ。模様はおめでた尽くし。お正月の初もうでに、浅草《あさくさ》の浅草寺《せんそうじ》に着ていったの。懐かしいわ。いい時代だった。ちょっと前のことなのにね」

懐かしさたっぷり、未練たっぷりだ。私は半分横を向きながら聞いていた。

そうですか、よかったですね、優しいおかあさんがいて。

「しょうがないわ。思い切ってお米に換えましょう。急いで行ってくるわね。何軒もまわらないといけないかもしれないから、イコちゃん、ヒロシをおんぶして待っててくれる」

「うん、いいよ」

私は答えた。私の食べる分も、この光子さんの着物に入っていると思うと、気が重い。

私はこのおんぶが大嫌い。ヒロシはもうとっとと歩けるのに、光子さんは出掛けるときは必ず私におんぶをたのむ。怪我《けが》でもしたら大変と思っているのだ。

「ヒロシ、イコちゃんとお留守番、お願いね」

光子さんは私の背中に、ヒロシを括《くく》りつけようとする。私はあわててチエコさんをまえに抱え込んだ。

「あら、またなの、イコちゃん」

光子さんは苦笑いをした。いつも私にはイコちゃんと「ちゃん」をつける。ヒロシは呼び捨てなのに。遠慮してるんだ。

背中がもわっと温かくなる。ヒロシはおんぶされると、いつもすぐ寝てしまう。動かなくて、楽だけど、なぜかすごく重くなる。抱えたチエコさんが私の方を見上げてる。私は両手でぎゅっと抱きしめた。タカさんの家のお線香の匂いが、ふーっとのぼってきた。

私はトンネルの方へよろよろと歩いていった。トンネルの中はいつものように暗い。まわりに吹いている風が、ひゅーっと中に吸い込まれていく。誰かが中から引っ張っているみたい。私はきをつけをした。だれもいないから思い切って大きな声を出した。

「わたしは山川村国民学校　四年二組西田イコでーす。ここに疎開してます。今日もこれからお歌を歌います」

「ももたろうさん」

歌いかけて、自分でも変なことをしているような気がした。この間は鼻歌みたいだったけど、今日は声を張り上げている。でもかまわず続けた。

「ももたろうさん　ももたろうさん
おこしにつけた　きびだんごー
ひとつ　わたしにくださいな」

小さい時、タカさんのお茶の間で踏み台に乗って歌ったときのことを思い出した。あの時のように、タカさんの拍手はないけど、声は森の中に流れ込んでいった。不安や、心配を、森が少し吸い取ってくれてるような感じがする。

恐くていやな森なのに。いつも、「イコが通ります」っておまじない言ってるのが良かったのかもしれない。私がここにいるって、知ってもらえたのかもしれない。気持ちが少し元気になってきた。

光子さんは日が暮れる頃、お米とお芋をしょって帰ってきた。

「全部お米にしてほしかったけど、だめだって。半分お芋になっちゃった。その代わり里芋を少しくれたわ。おまけだって。まるでお店屋さんみたいに言うのよ」

「あんなきれいな着物で、これだけ？」

「うん、昔ならねえ、俵十個もかえたかもしれない」

光子さんは首をすくめた。それでも機嫌がいい。

「お芋は、きんとき？」

「ううん、普通の、農林一号よ、あの水っぽいの」

私もこのお芋が好きになれない。好きとか、嫌いとかそんな贅沢《ぜいたく》を言える時代ではないけど、食べると、口の中にタカさんが使っていたミシン油の匂いが残る。

その夜、おしっこに行きたくなって、目が覚めた。何日経っても、夜、外のお便所にはどうしても行けない。我慢、我慢して、夜が明けるのをまって、畑の隅ですましていた。でも、今夜はどうしても我慢が出来ない。まだ、外は真っ暗。もぞもぞ足を動かしてごまかそうとする。そのとき、ぱっと思い出した。もうじき出来上がる乾燥芋のこと。

お日様にたくさん当たったからきっと甘くなっているはずだ。お便所の帰りにとって、お布団の中でこっそり食べよう。二つぐらいなら、光子さんも気がつかないだろう。そう思ったら、行く気になった。食べものの力は強い。そっと外に出る。晴れた夜の空は案外明るい。その分、森は一層黒く盛り上がって見える。

トンネルの方から、なにかほそーい音が聞こえてきた。

ぶ〜〜〜　ひゅ〜〜〜

何だろう。風？　違うみたい。森は揺れていない。音は細く、寂しそうに震えて響いている。

私は引っ張られるように、トンネルの方に歩き出した。音が少し大きくなったような気がする。やっぱり何か鳴ってる。あっ、そうだ、あれは、ハーモニカじゃないかな。真っ暗なトンネルに入っていった。いつもと変わらない。でも音は聞こえている。誰かいる！　ぞくっと体が震えたとたん、突き出した木の根につまずいてころんだ。とたんにおしっこが出てしまった。

ぐにゅ。

びっくりして、変な声が出る。私はあわててパンツを引っ張って脱ぐと、家に向かって、走り出した。それから井戸水をくんで、盥でパンツを洗った。これは絶対、絶対、光子さんには内緒にしないと。私はやみくもにそう思った。パンツをかたく、かたく絞って、そのままはいて、布団にもぐりこんだ。お腹のところが冷たい。でもそれより、森の音が気になった。布団から首をだし、耳を澄ました。でも、もうなんにも聞こえてこなかった。

あれは確かにハーモニカの音。いったい誰が吹いていたんだろう。あそこには、ぜったい誰かいる！

「ねえ、ノボル、学校の前の道、右の方に行ったら、どこさいくの？」

「昭南島かな、ジャワかな？」

ノボルは肩をゆすって、ふざけて見せた。

「ちゃんと答えてよ。おれの家の方にはつながってないの？」

「くくく。西田、おめえ、おれ、おれって。無理して、田舎っぺすんなよ。わ・た・しの方がいいべよ」

「だって……おなじに話したいべよ」

私は鼻にしわを寄せた。

「じゃ、徹底的にうまくなるんだぞ。オー、楽しみだ、楽しみだ」

「ふん」

私はあごをあげ、息を鼻から噴き上げた。

「さては、おめえ、闇森が恐いんだべ。だから回り道したいんだべ」

「違うべよ。ただ知りたいだけよ」

「そりゃ村の中だもの、歩き続ければ、西田のうちにもつながってるべ。だが、おおまわりだぞ。馬鹿みたいに歩くぞ」

「あ、そう」

私はほっとした。家に帰る別の道もあるんだ。

「おれはさあ、ジャワにいきたい。早く兵隊になりたーいべよ」

ノボルは大きく背伸びして言った。

「わかった、ゴムマリが欲しいんでしょ」

私は口をつんと尖《とが》らした。急にむらむらって怒りたくなった。

同じ組のイクオがまっ白なゴムマリを持って、学校へやってきた。強くついて、たかーく跳ねるのを見せびらかしていた。

「見せて」「やらせて」「どしたんだ、そのマリ」

みんな周りに集まって、大騒ぎになった。

「ズックもだ」

イクオは足をあげて見せた。まっ白な運動靴、ひもできゅっと結んである。

「すごーい！」「いいなあ」

みんな、うらやましくって、目がまわりそうになっている。

「とうちゃんの土産」

「どこの？」

三つも、四つも声が飛ぶ。

「ジャワ。日本が占領してるんだぞ。そこでとれたゴムだって」

イクオはほっぺたを赤くして自慢している。

私はおばあちゃんのタカさんが買ってくれた運動靴を思い出した。見たところ白い運動靴、履いているうちに、内側がぼろぼろと破れだした。ゴムがないから、布とボール紙でできていたんだ。あっと言う間に履けなくなった。それでももったいなくて捨てられなかった。新聞紙に包《くる》んでしまってある。今は下駄しかない。ときどき、鼻緒が切れてしまう。その時は手拭いを割いて、よじって、強くしてつなぐ。いつの間にかそれも出来るようになった。

イクオの家は学校から帰り道をちょっと曲がったところにある。二階建ての大きな家。にぶい墨色の瓦屋根《かわら》がかくれるほどの高い生け垣に囲まれている。遠くからでもよく見える。お金持ちなんだ。

私はちょっとのぞいてみたくなった。あんなきれいなマリと運動靴、まるで魔法で取り出した宝物みたいだった。学校がおわっても、みんな、ちょっとでもマリに触らせてもらおうと、未練たらしくイクオのまわりに集まっていた。

私はさっさと校門を出て、小走りでイクオの家のある道を曲がった。道と反対側に、立派な門があった。お殿様のお屋敷の門みたいだ。私はそーっと中をのぞいた。内側にも、少し低い生け垣が、とおせんぼするみたいに延びている。脇からのぞくと、広い庭が広がっていた。きれいに刈り込んだ松の枝が腕のように伸びて、その下にごつごつした石に囲まれた池があった。水の流れる音がする。あとはしーんとして人の気配もない。なにか間違ったものを見てしまったような気がして、私はあとずさり、戻ろうとした。体の向きを変えると、生け垣の反対側に、まだ赤い実を残している大きな柿の木があった。実の重さで、枝が下がって、冷たい風にゆれている。私は自然と爪先立《つまさきだ》っていた。そっとあたりを見る。手をのばして、低い所になっていた柿を一つつかんで、ひねった。すると、少し離れた窓の向こうに、人影が動いた。ハッとしたとたん、私の体は、氷の風にでも吹きつかれたように動かなくなった。手を下ろすことも、顔をそむけることも出来ない。

窓が開いた。立派な軍服を着た男の人が、響きのある声で言った。

「持っていきなさい」

柿の実は、私の手から離れ、ころがって、つぶれた。

私はさっと後ろを向くと、駆け出した。下駄で道の土を蹴飛《けと》ばして走った。体中がどきどきとなっている。

イセ沼が見えてきた。私は道をそれて、沼へと走って、そのまま水辺にすわり込んだ。顔を見られてしまった。私は人の物をだまって取ろうとしたのだ。赤い柿の実がつぶれていく。

あの勲章をぴかぴかつけた軍人さんが、ビルマから帰ってきたイクオのおとうさんなのだ。あの白いマリはあの軍服から手品のように飛び出したものなのだ。

「金の斧《おの》がほしいか、銀の斧がほしいか」

小さな波がささっと動いた。軍人さんの声のように響く。

「どっちもいらない、いるもんか」

私は胸の中で怒鳴っていた。

「今日はお出かけするぞ」

おとうさん、セイゾウさんの声がする。

「はーい」と私。そばに私のおかあさんもいる。縞が斜めに走ってる、着物の柄をかすかに覚えている。大通りでセイゾウさんが止めたタクシーに乗り込む。うれしくってじっと座っていられない。私は五歳の女の子、足をばたばたゆらして、はしゃいでいる。行き先はデパート。がたんがたんと上っていくエレベーター。食堂でお子様用の高い椅子にすわって、旗の立った、お子様ランチを食べる。お土産は、か、す、て、ら。春一番に咲いたたった一輪のタンポポのように、あの日は丸く笑っていた。こんな輝いた手品のような一日が、私にもあった。それからまもなくおかあさんが死に、日本は大きな戦争に突入していった。

私は水辺に近づいて、ざぶざぶと中に入っていった。水の冷たさに、はっと立ち止まる。振り返ると、とおくにトンネルの森が見える。ひときわ黒い丸は入り口だ。私は水を蹴飛ばすように足をあげた。ぱちゃ、下駄のかたっぽが足からはなれ流れ出した。あわてて手をのばすと、下駄はぷかぷかと浮きながら、沼の真ん中の方へ、方へと流れていく。追いかけると体が前のめりになる。そのうちに下駄はすーっと沈んでいった。

「あの沼は、案外深いらしいよ」

初めてここを通った時の、セイゾウさんの言葉を思い出した。

私は足袋を脱ぎ、残った下駄を持って、とぼとぼと歩き出した。タカさんが買って、持たせてくれた大切な下駄なのだ。まだおろしたばかり。桐《きり》だから軽い。自分でえらんだ格子柄の鼻緒も気に入っていた。なるべく減らないように、歯に金物を打っていたから、その重さで沈んでしまったのかもしれない。

失くしたって言ったら、光子さんはなんて言うだろう。きっと不機嫌になる。それはしょうがないとしても、「ぼーっとしてるからよ、なにかんがえてたの？」って言われるのは嫌だ。本当は、私はぼーっとした子どもではないはずなのに。柿の実のことがあって、ぼーっとしていたかもしれない。

明日、学校になにを履《は》いていこう。運動靴はぼろぼろだから、学校に着く前に、分解してしまう。この前に履いていた下駄は歯がすり減って、ぺたんぺたん、うすい板のようになってしまっている。

光子さんは私が下げてるかたっぽだけの下駄と、ぬれているもんぺの裾を見て、何も言わなかった。ただ、大きなため息をついた。

「明日、学校には、七五三のときのぽっくりを履いていくわ。小さいけど、むりしちゃう」

光子さんは、どきんとした顔をした。

「あれ……もうないわ。引っ越しの時、ご近所のお子さんにあげちゃったの。もう小さくなってたし。折角《せっかく》の七五三なのに、履くものがないって言われて、気の毒でね。あなたに断らなくて、ごめんなさい」

私はどなり声をあげたくなった。七五三のときに、あのぽっくりを履いてタカさんと、光子さんと生まれたばかりのヒロシと、四人いっしょに八幡様《はちまん》にお参りした。

「ご時世だねえ、千歳《ちとせ》あめまで短くなってる。ここまでくるとわらっちゃうね」

タカさんが言った。

それでも裏通りに、お汁粉屋さんを見つけて、みんなでおぜんざいを食べたっけ。

「はこせこは？　それもあげちゃったの？」

「うん」

光子さんはべそをかいてるみたいに、とっても困った顔をした。

それじゃ、着物も？

私は追いかけるように聞こうとして、口をつぐんだ。もうあってもなくても、同じ。

着るときがあるとも思えない。

「明日は、私の下駄を履いていきなさい。鼻緒をきつくして足に合うようにしてあげるから。今度、探してくるわ。郵便局の近くの雑貨屋さんなら、まだ一つぐらい残ってるでしょ」

（ないよ、わらじしか）

私はまた口をつぐんだ。

光子さんが貸してくれた下駄の鼻緒は金の筋が一本入った緑色のビロードだった。とても軽い桐の下駄で、きれいな正目《まさめ》が通っている。きっと大事にとっておいた下駄なのだ。

次の日、私はいつもの通り、光子さんから借りた下駄を抱えて「イコが通ります、イコが通ります」とつぶやきながら、トンネルを走り抜けた。出口の脇に生えていた草で足の泥をていねいにおとして、下駄を履いた。帰りも同じように「イコが通りまーす」と言いながら走った。すると道祖神の前に、昨日、沼で失くした下駄がぽつんと置いてあった。沼の真ん中の深いところまで流れて、ぶくぶく沈んでいった下駄が、どうしてここにあるのだろう。だれかが拾ってくれたのだろうか。でも濡《ぬ》れていない。鼻緒も撚《よ》れていない。私はあわてて方々見回した。すると木が厚く重なり合っているむこうで、なにか動いた気配がする。びくっと見つめると、細い灰色の影が木の後ろにすーっと隠れた。

誰かいる！

「あのー」

私は思わず声をあげていた。でも言ったとたん、恐くてじっとしていられない。

「あり・が・とう」

口のなかから言葉が自然と出てきた。でもふるえていたから、ちゃんと言葉になったかわからない。


「沼で失くしたって言ってたけど、イコちゃん、どこかで脱げちゃったんじゃないの？　正直に、本当のこと言えばいいのに。私に遠慮なんてしないで頂戴《ちょうだい》よ」

光子さんは私が手に持っている下駄を見て、半分ほっとしたように、半分怒っているように言った。

私の頭の中はそれどころじゃない。

（いる、あそこに、だれかいた！）

でも、気のせいかもしれない。

（でも、でも、いた、絶対いた！）

ぐるぐるぐるぐる、言葉が回っている。


土地の子と同じように、自分を「おれ」って言おうと決めたのに、みんなくすぐったそうに笑う。ついつい、「わたし」に戻ってしまう。その失敗をおかしがって、みんながまた笑う。着てるものも、土地の子とはちょっと違う。みんなはおかあさんや、おばあちゃんが家で織った縞《しま》の布地のもんぺ服が多い。私は下はもんぺでも、上は白いシャツやセーターだから、やっぱり違って見えてしまう。


「贅沢《ぜいたく》はやめましょう」

わざと近寄って、耳にささやく子もいる。

「おめえのかあちゃんに言ってやれ。パーマネントはやめましょう」

光子さんはパーマネントなんて、かけてない。もともとくせっけなのだ。

「まとめやすくて、助かってる」と、いつも言っている。

もともとのくせっけでも、今は肩身が狭い。それに光子さんのことなのに、私に言われても困る。

「おれ」っていう一言も、なかなか難しいのだ。「お、おれ」って言ってみたり、「わたし、あっ、おれ」って言いなおしてみたり。ノボルは、「無理すんな」って言ってくれる。でもみんなと同じになりたい。いや、同じだけではなく「さすが、東京の子だ」って言われたいのだ。そのために勉強もがんばらなくちゃ。なんだか、いやらしいなあ……無理しても、見栄《みえ》張れって、私の中で、誰かがささやいてる。本当は仲間はずれが恐いんだ。田舎の子になるのって、こんなに難しいとは思わなかった。

いろいろややっこしいから、学校ではなるべく話さないですましたかった。そんな中で、ノボルとキミコはまあまあ気楽に話せる友達になった。

「ねえ、カズコって子の住んでる乾燥場って、どんなとこ？」

私はノボルに聞いた。

「たばこの葉っぱを乾かすとこだ。今はたばこより、米だべ。だからあんましつくらねえのさ。そんで、使わねえから、借りて住んでるんだべ」

「どこにあるの？」

「学校の反対側。遠いべよ」

「お、おれの家からも、遠い？」

「相当、遠いべな」

「でも、遠回りでも、歩き続ければ、森のおれんちに帰れる？」

「そりゃ、帰れるべ。道はずーっと向こうでつながってるから。おめえ、行きたいの?」

「うん、だって、乾燥場って、見てみたい」

「たばこの匂いするぞ」

「へー、そう」

私は、あっさりと答えた。でも、がり勉で、秀才って言われている、カズコのことがとても気になる。無口で、口が開くのは、先生に指された時ぐらい。その時はきちんと立って、大きな声ではっきりと答える。そして、いつも先生に褒められる。休み時間は必ず机に向かって、何か書いている。いつも一人、でも、それを気にしていない。どうどうとした一人なのだ。家に帰るときだって、本を読みながら歩いてる。二宮金次郎みたい。私はカズコに近づいて思い切って聞いた。

「ねえ、なに書いてるの?」

「べつに。覚えたこと書いてるだけ」

「学校の勉強?」

「うん。それと……事典の言葉とか、絵に描いてみると、忘れないんだ」

私の目は丸くなった。事典の言葉ってなんだろう。忘れないための絵ってなんだろう。

「いつもやってるけど、おもしろいの？」

「うん」

見ると、わら半紙をはんぶんに折って、糸で綴《と》じた帳面に、魚の絵を細かく描いている。

「それ、なに？　鯛《たい》？」

「ううん。ヒラメっていうお魚だって。目が片っ方についてるの。おかしな目だから、写してみてる」

「写す？」

「うん、事典に載ってたから、まねして描いてみたの。描いていると面白くて、夢中になっちゃう。そういうのって、あたし好きなんだ。気持ちがね、落ち着くよ。安心するんだ」

カズコは机に顔を向けたまま、短くなったエンピツをしきりに動かしていた。

私は首を傾けた。魚の形がおもしろいなんて、考えたこともなかった。カズコをしげしげと眺めた。髪の毛が塊になって、肩の上ではねている。ノボルが言ったように、そこからぷーんと変な匂いがする。でも、カズコは素敵に見えた。

「ねぇ、おまえ、疎開だべ？」

私は聞いた。

「うん、そう、神田《かんだ》よ」

「おれは、深川、近いね」

「そんなに近くないわ」

カズコははじめて顔をあげて、くすっと笑った。

「でも、近いじゃない。東京だもん」

私はちょっと意地になっていた。

「そうね、まあね、ここよりはね」

「おれ、おまえの家の方通って帰ろうと思っているんだ。いっしょ、いいべ？」

思い切って言った。

カズコはじっと私をみて、ふっと笑った。

「いいべよ」

私の言い方を真似して、ちらっと舌を出して、ひっこめた。

「だけど……どうして？　すごく遠回りでしょ」

「でしょ」って、終わりが、高い調子になる。久しぶりの東京の言葉だった。

「でも、帰りたいのよ、だめ？」

私も東京弁になっていた。

「西田イコさんよね」

カズコは、私の言葉には答えないで、名前を聞いてきた。

「うんそう、カズコさんは、沢井《さわい》さんよね。ねえ、これからカズちゃんってよんでもいい？」

「じゃ、あんたはイコちゃん」

私の顔を見ながら、肩をすくめた。口のはじがきゅっと引っ込んで、ほっぺたにえくぼが出来た。大きな黒い目がとってもきれい。

私は久しぶりにゆったりとした気持ちになった。

私とカズちゃんはならんで学校を出た。

「郷に入っては、郷に従え、ってこと知ってるかい？」

疎開が決まった時、タカさんは言った。

「なに、それ」

私は聞いた。

「移り住んだ土地になじんで暮らしなさいってこと。田舎に行ったら、その土地になじまなくちゃね。都会っ子気取りするんじゃないよ。向こうの子に仲良くしてもらうんだよ」

それで、いつも「だべ」「だべだろ」とか気を遣っていた。いちいち言葉を選ばなくてはならない。でもカズちゃんは私みたいに、そんなこと気にしていないみたいだ。

「うん、わたし、東京じゃ、にぎやかなところにいたから、あんなさびしいとこ恐くって。ねえ、知ってた？　闇森のそばなんでしょ？　木がいっぱいのトンネルよね」

私はいつも気になっていることを、つい口にした。

「聞いたことあるわ。あの森に脱走兵が逃げ込んだんだって」

「おかあさんに会いたくなったのよ。甘ったれ！　逃げるなんて卑怯《ひきよう》よ！」

カズちゃんはきゅうに強い声で言った。

「でも、見つかったら、鉄砲で撃たれちゃうかもしれないのよ」

「当たり前よ。みんな、お国のために我慢してるんだから」

カズちゃんの目がぎらっと光った。

「あたしのおとうちゃんは逃げたりしないで、戦った。でも敵に殺された。名誉の戦死」

カズちゃんの目がさーっと濡《ぬ》れてきた。

「名誉の戦死よ！」

声を張り上げて、もう一度言った。胸が大きく波打っている。

私の胸もひっくり返りそうだった。

「どこで？」

私は聞かずにいられなかった。

「わかんない。秘密なんだって。あたしのおとうちゃんは、あたしたちを守ってくれたのよ」

カズちゃんは肩をいからせて、ぎゅっと私をにらんだ。私は解らないように目をそらした。

私のおとうさん、セイゾウさんは兵隊さんじゃない。カズちゃんには悪いけど、私はほっと息をついた。セイゾウさんは死なない。大丈夫。でもほんとうに大丈夫なのだろうか。たしかにカズちゃんのおとうさんは立派だ。でもカズちゃんにはもう永遠におとうさんがいなくなったのだ。

私は森の中に逃げた弱虫の兵隊さんのことを考えた。ぜったい許せない。もう生きてるわけないと、みんなが言う。当たり前だ。

でも、私の胸がどきんと鳴った。それじゃあ、あの、私の下駄《げた》を戻してくれたのは、だれ？　あのハーモニカはだれ？

カズちゃんの家は、外国の家のようだった。幼稚園の時絵本で見たことある、森の土の下に住んでいる、小さな人たちの家に似ていた。とんがり屋根で、上の方に、小さな窓がぽつんとついて、四方は黄土色の土の壁。でも、ところどころ傷が付いたり、崩れたりしている。同じような小屋が少し離れた畑のなかにも並んでいた。入り口には、萱《かや》を載せた軒先が出ている。その下に七輪が置いてあり、お鍋が載っていた。中は天井近くの小さな窓から光がさしている。でも薄暗い。

「ただいま」

ささやくようにカズちゃんが言う。

部屋は一つらしい。おくに布団が敷いてあった。こんもりと膨らんで、誰かが横になっているようだ。そのすそに小さな女の子がかじりつくように眠っていた。

カズちゃんに気がつくと、むっくり起き上がって「お腹すいた」と言った。

「おかあちゃん、具合どう？」

カズちゃんは布団に顔を近づけていった。

「大丈夫よ。朝よりずっと気分が良くなった。ミッちゃん、おかあちゃんが雑炊を温めてあげるから、待っててね」

布団が動いて、カズちゃんのおかあさんが出てきた。肩に羽織をかけると、わらじに足を入れて、土間に下りてきた。細い体が揺れているようだ。顔は白く、唇も、ほほも同じように白い。

「ごめんくださーい」

私は頭を下げた。

「あら、お友達と一緒なの？」

おかあさんは私に向かって、笑いかけると、七輪に茶色い松葉を入れ、マッチで火をつけた。ぱちぱちとはなびのような音がして、炎が上がった。

カズちゃんは小さな妹を器用におんぶして、戸棚からお茶碗《ちゃわん》を取り出した。

「おかあちゃん、この子、イコちゃんていうの。疎開してきたのよ。深川だって。おともだちなの」

カズちゃんはおかあさんに話しかけてる。

「あら、そう。仲良くしてね。うちは神田よ。本屋さんがいっぱいあるとこ」

カズちゃんのおかあさんは、胸をだくように下を向いて、こほこほと咳《せき》をした。

「そうなの、おとうちゃんはね、本屋さんで働いてたの。だから、これ、見て」

カズちゃんが壁のいっぽうを指さした。金色の文字がついた、分厚い本がずらりと並んでいる。

「百科事典よ、ぜんぶ揃ってるんだ。大切にもってきたの」

「さっき学校で言ってた、事典の言葉って、このこと?」

「そう、面白いよ。いっぱい載ってる。言葉って、びっくりするぐらいたくさんあるのよ。わかるように絵も付いてる。さっきみたいなお魚でしょ、それに鳥とか、花も、私、全部、ちゃんと全部覚えたいんだ」

「ぜんぶ?」

私は目をまるくした。

すると、カズちゃんのおかあさんが、髪の毛を掻《か》き上げながら、顔をあげた。

「覚えるには、何回も繰り返し書くのが一番よ。書くのがいいの」

「うん、あたし、そうしてるよ、おかあちゃん」

カズちゃんは答えた。

本が並んでいる隣の棚に、軍服姿の男の人の写真が置かれ、その後ろに白いきれで包まれたお骨の箱があった。お線香立てもある。

部屋のもう一方の隅には小さなオルガンが置いてあった。

本郷のタカさんの家の近くの、お医者さんの待合室にあったのと、同じ形をしている。

カズちゃんは手で蓋《ふた》をすっとなぜた。

「おかあちゃんのオルガンなの。ときどき弾いてくれる。私とミッちゃん、いっしょに歌うんだ」

カズちゃんはオルガンの蓋をあけて、片方のつま先を下の板に乗せて、おしながら「ドラララドララ」って弾いて、「ねっ」と笑った。

カズちゃんとわかれて、私の家まで、すごく時間がかかった。お日様はとっくに沈んで、でも空はまだ少し薄い藍色《あいいろ》を残している。その分だけ、森が黒く迫って見える。

光子さんは、こんなに遅くなった私をきっと心配してる。心配のあまり、帰ったら、多分冷たく睨《にら》まれる。口をきいてくれないかもしれない。光子さんは怒鳴ったりは絶対しない。怒鳴ったり、文句を言ったりしてくれれば、かえって、気が楽なのに。そうすればこっちだって、言い訳言えるのに、いろいろあったことも話せるのに。

私はつぎつぎとわいてくる、そんな気持ちを振り払って、家の方には曲がらず、すぐ先で始まるトンネルの入り口まで歩いていった。不思議なことに、鼻歌なんて歌ってる。嬉《うれ》しかった。カズちゃんと一緒に過ごした時間が嬉しかった。この気持ちをトンネルに聞いてもらいたかった。私は両手をオルガンを弾いているみたいに動かして、歌った。

「ドラドドラ　ララララララー」

体をゆすってみる。トンネルの道が少し広くなって、うっすらと銀色に光って見える。あんなに恐かったのに。明るい昼間だって、あんなに恐かったのに、今は不思議なことに、暗い穴の前で、じっと立っていられる。なかから風がふーっと吹いてきて、からだにあたった。トンネルが、私に息を吹きかけてるみたいだった。

私はくるっと後ろを向くと、走って、家に向かった。

後ろから、風が背中を叩《たた》く。それにあわせるように、かすかなハーモニカの音。

「ドララ〜　ドララ〜　ラララ〜〜」

「明日《あした》、少し早く学校へ行きたいの」

私は光子さんに言った。

「どうして？」

「カズちゃんていう子とお友達になってね。ちょっと遠いけど誘って、一緒に学校へ行きたいの。疎開っ子よ。東京の言葉で話せるんだ」

「だから？」

光子さんは、また用事が増えると、うんざりしているのがわかる。

「なら、学校でもお話しできるでしょ」

「でも、行きたいの！」

「どのくらい早くいくの？」

「一時間半ぐらい。早足で歩いていくわ。一里よりもずっと遠いから」

光子さんの顔が険しくなった。

「イコちゃん、それは無理よ。一時間半も早くなんて。お弁当もつくらなくてはならないでしょ。ヒロシが起きちゃうし、悪いけど、私だってそんなに早く起きられないわ」

「自分でやるから、寝ててもいいよ」

「ま、勇ましいこと言って。あんたに出来るわけないでしょ」

「できるもん」

私は、ふんとあごをしゃくった。光子さんはとても嫌な顔をした。

次の日、私は早起きした。まだ外は暗かった。前の晩に、光子さんがひえ、こーりゃん、大豆、お米を混ぜたのを御釜《おかま》に研いでおいてくれた。かまどに火をつけ炊き始める。うまく炎がたって、あまり煙も出ない。なーんだ、簡単。私って天才！

ところがしばらくして、突然、御釜の蓋が持ち上がり、湯気が勢いよく噴き出した。あわてて蓋をとる。盛り上がっていた泡がさーっと引いて、ぶつぶつと音をたてる。わーもうできそうだ。なーんだ、これでいいんだ。私はどんどんマキをくべた。

「イコちゃーん」

光子さんが甲高い声をあげて、飛び起きてきた。

「焦げてるじゃないの」

焦げた匂いは、そばの私には来ないで、なんと離れた光子さんの方に行ってしまったらしい。

「あーあ、黒焦げ」

御釜を覗き込んだ、光子さんは悲しそうな声をあげた。「あーあ、あーあ」と合計三つもため息をつく。それでも、いいところだけすくって、塩をぬったおにぎりを二つ作ってくれた。

「一つは食べて、一つはお弁当に持っていきなさい」

カズちゃん回りの学校への道は思ったよりずっと遠かった。おこげ騒動があったので、時間がかかって、カズちゃんはもう先に学校へ行ってしまった。散々だった。

「明日はね、私が起きて作ってあげるから。あんなになったら、お米がもったいないでしょ」

光子さんが言った。

「いい、もういい。いつもの通りでいいから」

私はちょっとべそをかいた。

「よかった。わかってもらえるわね。カズコさんとは学校で遊べばいいでしょ。遠回りしたら、余計お腹がすいちゃうじゃないの」

「うん」

私は鼻をすって、顔をあげた。

久しぶりにおとうさんのセイゾウさんが帰ってきた。夕暮れの冷たい空気の中からぬっと現れた。

「ただいまー」

本を読んでいた私は、びくーんと立ちあがる。ヒロシを負ぶって、お風呂《ふろ》を沸かしていた光子さんが「わっ！」と声を上げる。私は、裸足《はだし》のまま、セイゾウさんに飛びついた。光子さんも私の上から、飛びつく。

「わー、帰れたのね」

光子さんの声は鼻がつまったように、ふにふにしている。背中のヒロシが手をだして、セイゾウさんにぱたぱたと触った。

家中が揺れているようだった。

「よくお休みが取れたわね」

「ああ、いくらなんでも、おねがいしたよ。顔をわすれられては、困るからな」

セイゾウさんはまた痩《や》せてしまった。国民服がぶかぶか、大きかった目がずーんと奥の方に沈んでいる。でも目だけはきらきらと光って、いつものセイゾウさんの目だ。

「今日はな、すごいお土産があるぞ」

セイゾウさんは背中のリュックサックをぽいっとゆすった。光子さんが肩からリュックを外す。私はしゃがんでおとうさんのゲートルをほどき始めた。

「あのな、春日部《かすかべ》で電車を待っていたら、駅のそばに、ばあさんが一人しゃがんでいた。見ると、なにか売ってるようだった。私を見ると、小さい声で言った。『とったて魚だ』布をかぶせた籠《かご》の中を覗くと、サワラの切り身が入ってるじゃないか。『売りもんかい』って言ったら、あたりを見回して、だまってうなずいた。『四きれ！』おとうさんは飛びつくように言ったよ」

セイゾウさんはリュックの中から新聞紙の包みを取り出した。開くと、魚の切り身が重なっていた。皮が青く光っている。

「こんなことってあるのねえ。その人、きっと神様だったのよ。お魚なんて、何か月ぶりかしら」

光子さんの声は上ずっている。

「少々、高かったけど、そんなこと問題じゃない」

セイゾウさんはいばってあごをしゃくった。おとうさんらしい。

「さ、やいて、食おう。今夜はごちそうだ」

「ええ、奮発して、白いご飯をたきましょうか」

「イコ、コンロに炭をおこそう」

みんな、ばたばたと動き出した。

「おとうさん、ちょうどよかったわ。今日は久しぶりにお風呂を沸かしたんですよ」

光子さんが言った。

「うへー、そりゃ、ありがたいの、こんこんちきだ」

セイゾウさんはおどけて見せた。セイゾウさんの面白言葉、本当に久しぶり。

「風呂なんて何日ぶりだろう。近くの銭湯もめったに開かなくなってな」

セイゾウさんは言った。

こんな嬉しいことが起きるなんて、不安になるほど幸せだった。

「久しぶりに着物でも着るかな。光子、セルの着物出しておくれ。まさか、ここまで空襲はやってこないだろう」

「はい、はいの、こんこんちきですよ」

光子さんもはしゃいでいる。

お醤油《しょうゆ》につけて焼いたサワラの切り身。この世の物とも思えないほど、いい匂い。

私はご飯をちょびっと、お魚をちょびっと、ちびちび食べた。

セイゾウさんは着物の裾《すそ》をひっぱって、あぐらをかいた。私がそこにすわろうとしたら、ヒロシが飛び込んだ。

「イコ、こっち」

セイゾウさんは片方の膝《ひざ》を叩いた。私も飛びついて、座った。

「おとうさん、だいすき！」

私は首をのばして、ささやいた。セイゾウさんはほっぺたをよせて、にこっと笑った。

「東京も大変でしょ。ごはんどうしてらっしゃるの」

光子さんが言った。

「ちゃんとってわけにはいかないけどね。すいとんとか、芋の茎とか、闇の米も何とか少し手に入れて、たべてるよ。心配はない」

そうは言っても、セイゾウさんの膝がずいぶん小さくなってる。骨がごつごつおしりにあたる。

「ねえ、こちらで働くってわけにはいかないの？」

光子さんが聞いた。

「そうよ、近くの街の工場へ行けばいい。ねえ、おとうさん、ここに一緒にいてよ」

私は上をむいてセイゾウさんのあごをさすった。ひげがのびて、じゃりじゃりしてる。

「そうしたいもんだね。でも勝手なまねは出来ない。戦争してるんだから。それにおとうさんは町内会の会長なんだよ。動ける男が誰もいない。これでも一番若いほうなんだ。空襲になったら、踏みとどまって、みんなの世話をする役目がある。そう言われているんだ。お国のためだ」

「空襲、きそうなの？　あなたのところにも」

光子さんが心配そうに言った。

「あー、そのつもりでいないとな」

「村の中にも、戦死した方がおおくなって。大抵、息子さんでしょ、お気の毒で」

光子さんは手で顔をくしゃっとなぜた。

「今が大切な時だから、みんながんばって、我慢すれば、日本は負けない」

もういっぱいがんばってる。我慢もしてる。わかった。日本は大丈夫よね。セイゾウさんの顔って不思議、見てると、安心する。

「さ、ふたりで遊びなさい」

セイゾウさんは、そっと私とヒロシを膝からおろすと、光子さんに小声で言った。

「深川の家はあのままにしてある。なるべく品物は処分したけど」

「あの備前《びぜん》焼も？」

光子さんの声は押し殺したようになった。

「あれはおふくろのところに預けた。いいもんだからな。でも、いくら上物でも、お腹の足しにはならん」

セイゾウさんは苦笑いしている。

「この頃じゃ、大本営発表も、元気がないなあ。ずいぶんやられてるんじゃないかなあ。でも、負け戦っていうのは日本にはない。絶対！」

セイゾウさんは、つづけて、「絶対ない！」って大きな声を絞り出した。

次の朝、セイゾウさんは、私を送って、トンネルの入り口までついてきてくれた。

「もう慣れたかい」

セイゾウさんは言った。

「うん、少し」

私はうなずいた。

「わたしね、まいにち、通るとき、おまじない言ってるの。『イコが通ります、イコが通りまーす』って。すこし恐くなくなった。おとうさんが、トンネルと仲良くなりなさいって、言ったから」

「そりゃいい。出口も近く思えるさ」

それから、私はトンネルに向かって、きをつけをすると、セイゾウさんをちらりと見て、言った。

「この人は、わたしのおとうさんです。西田セイゾウと申します。よろしく」

それからぺこりとお辞儀をした。

「はっはっはっ、こりゃいい。おとうさんも、トンネルと仲良しになったぞ」

セイゾウさんは面白そうにわらって、私の頭をぽんとたたいた。


汽車が動いていれば、それに切符が買えれば、東京から、家に一番近い上沼駅まで、三時間ほどでこられる。その後、たくさん歩かなくてはならないけど。そんなに遠くない。ありがたいことに、ここでは、まだ空襲の気配はない。畑と、田んぼと森しかないから、爆弾を落としても、はずればかりってことになると、敵も考えたのだろう。それにセイゾウさんが大丈夫って言っているのだから、絶対大丈夫なんだ。私は何回も繰り返し、「大丈夫」とつぶやいた。

食べ物がないのに、夜になると、家の中をネズミが走る。

「ちゃんとお顔を洗いなさい。寝てる間に、ネズミになめられるわよ」

この言葉を聞いただけで、ぞっとする。井戸から冷たい水をくんで、ごしごしと痛いほど洗うようになった。

寒くなったのに、相変わらずのみはいる。買い置きの石灰を家の周りに撒《ま》くと、少しは減ったような気はするけど、あっちもお腹がすくらしく、お腹をすかせてる私たちの血をすおうと、また増える。

急に私の頭が猛烈にかゆくなった。手を髪の毛の中にいれて、掻きむしらないではいられない。かゆくて、かゆくて、転げまわりたいぐらいだ。

「いったい、どうしたの？」

そう言った、光子さんの顔がすーっと青くなっていった。

「ちょ、ちょっと、見せてごらん」

光子さんは私の髪の毛をのぞいて、「ひゅーっ」と声をあげた。

「し、ら、み！　しらみよ。とうとうつかまっちゃったわね」

はやっていると聞いていたから、用心していたつもりだった。目の細かい櫛《くし》で、毎日、痛くなるぐらい髪の毛を梳《と》かして、一匹でも見つかったら、すぐ退治しないと、この虫はしつっこくて、大変なことになるのだ。それがこんな急に、いっきに攻められるなんて。

光子さんは、かねの盥《たらい》をかまどに載せて、火をおこし、お湯を沸かし始めた。

「着物も脱いで！」

命令するように叫ぶ。

私はあわてて、全部脱いだ。光子さんは私が脱いだものの裏をひっくり返し、衿《えり》の縫い目を覗いた。

「ほら見て、これ！」

縫い目に沿って、しらみの卵が小さな涙の形をして、びっしりと並んでいた。白く透き通った、その卵は不気味な美しさを持っていた。光子さんはそれを湯気の立ち始めた盥の中に放り込んだ。それから自分も裸になり、着ていたものを全部入れ、ヒロシのも入れた。

「かまゆでの刑！　どうだ！」

光子さんは棒で、かき回している。こんな冗談を言っても、額には青筋が浮き出て、びくびくと動いている。それからいつも着ているものをとっかえひっかえ全部かまゆでの刑にした。

「用心してって、言ったのに」

（私のせいなの？）

私は言いたかった。でもだまって我慢した。

私はカズちゃんのよごれて固まってる、髪の毛を思い出した。いつもぼりぼりと掻いてた。

「汚い子からは離れているのよ」

「うん、そうする」

反省のない返事になった。カズちゃんと離れるのなんて、ぜったい嫌だ。もう絶対の友達だもん。しらみになんて、じゃまされない。


途中まで帰り道が一緒のノボルとキミコと、草を蹴飛ばしたり、引っこ抜いたり、のったらのったらと歩いていた。この田舎ののんびりさにも、大分慣れてきた。

ノボルが落ちていた竹の棒を拾って、ふりまわしながら歌いだした。

「見よ、東條《とうじょう》のはげ頭
太陽たかく、昇りたり〜〜

天地にぴかり反射する〜〜

ハエがとまれば〜〜

つるりとすべる〜〜」

「ハハハハ」

私は笑っちゃった。

「あーいけねんだ！　そんなおおきな声で歌っていけねんだ」

キミコが言った。

「みんな歌ってるべよ」

「でも、いけねえんだべ」

「でも、ほんとうにはげ頭だもんね」と私は言った。

この歌は本当は違う歌詞なのだ。でも、この少し前にやめた東條首相の頭は見事に毛がなかった、新聞で見ても、ぴかぴか輝いているように見える。いつも長ーい刀をさげて、姿勢のいい東條首相はぴーんと立って、威張って見える。それをからかって、みんな言葉を替えて、ひそひそ声で歌っている。

「あー、腹へったなあ」

ノボルが言った。

私はいつだってぺこぺこだ。だけどノボルみたいに無邪気にこんなことを言えない。私の家は本当に食べ物がないから、「腹へった」なんて、みじめで言えない。農家のノボルには腹減ったなんて、恥ずかしくもないし、気持ちが傷つくこともないのだ。

「じゃ、さ、おれんとこ、寄ってかない？ 今朝、おかあがすし作ったんだ。ばあちゃんに持っていくって。帰ったら食えって言ってたから、あるよ」

私はドキリとした。

「じゃ、食うべ、食うべ」

ノボルは呑気《のんき》なものだ。私は立ち止まり、一歩あとずさる。

「わたしは……じゃ……」

ここまで言って、口の中で言葉が消えた。重い足が二人についていってしまう。

キミコの家は往還《おうかん》からちょっとはずれた畑の中にある。背戸《せと》をぬけて、開けっ放しになっている土間に入ると、広い板の間、まんなかに大きなちゃぶ台があり、その上に布巾《ふきん》をかけた木の鉢、そばに茶碗が伏せてあった。

「あがれ」

キミコは言って、さっと布巾を取る。ぷーんと混ぜずしのいい匂いがする。ノボルは下駄を脱いで、這《は》うように近づいた。ためらいながらも、私も続く。

赤い人参、白いはす、細く切った黄色い卵、それに紅ショウガ、ちぎった海苔《のり》も散らばっている。

キミコは茶碗をとって、無造作についで差し出した。

「ほれ、ノボル」

「ほれ、イコ」

「食おう、食おう」

ノボルは箸《はし》を握って、かき込みだした。私はおすしの香ばしい匂いに気が遠くなりそうだった。なにか恐くてふるえてる。それでも箸をとって、口に入れる。

混ぜずしはタカさんの得意料理だったから、私の東京のうちでも、ほんのちょっと前までは、ときどき作った。多めに作って、「おすそわけ」と言って、隣のおばさんに持っていったこともある。それはついこの間まで普通のことだったのに、こんなに変わってしまうなんて。すこしずつ、暮らしは変わっていたのだ。でも、あら、どうしてこうなったの？　と、頭の中に疑問がわくぐらいで、それ以上のことは考えもしなかった。まったく呑気なものだった。それが、ある日、気がついたら、生活はすごく変わり、窮屈になっていた。今では、お腹がすいたと思わないときはなく、恥ずかしいほどいやしくなってる。

「農家の人から、なるべく食べ物をいただかないようにね」

こう光子さんに言われていた。しつっこいぐらいに、何度も言われていた。

「お返しが出来ないから、やっかいなのよ」

でも、私はもうキミコからいただいて、一口食べてしまった。一口食べたら止まらない。

「イコ、まだあるよ。食え」

私は何も考えられないほど興奮して、だまってお茶碗を差し出している。そして三杯も食べてしまった。食べ物が充分あったときだって、こんなに食べたことはない。

「うまかったあ！」

ノボルが言った。

「うん」私はうなずいた。お腹は元気になって、「敵だって、なんだってやっつけてやる」って、勇ましい声をあげている。力がみなぎってきた。こんな気持ちになったの、本当に久しぶりだ。でも、もう一方で、私はおびえていた。光子さんのことも気になる。それに私は自分の底知れない意地汚さが恥ずかしかった。恐ろしかった。

食べおわって、ノボルとキミコと私は廊下に腰かけて、足をぶらんぶらんと動かしながら、顔を空に向けていた。

「あっ！」

ノボルが叫んだ。見ると、遥《はる》か上空、真っ青な空のなかに、飛行機が三機飛んでいく。お日様の光にあたって、きらきらと光っている。まるで、神様が降らせた銀の花びらみたいだった。

「B29だべ」

ノボルが言った。おれは知ってるぞ、という大人びた言い方だった。

「いやー、カラスだべよう。おひさまに当たって光ってるんだべ」

キミコが言った。

「あほ、敵の飛行機だよ。爆弾運んでくるんだぞ」

ノボルは手をあげて、「ばん」と撃つ真似をした。

「撃墜！　大本営発表、鬼畜米機、東京湾に撃墜す」

ラジオのニュースのまねをする。

「うそよう！　あんなに小さいのに？」

私は目を細めて、空の彼方《かなた》を飛んでいるのを見ていた。

「銚子《ちょうし》の方から来るんだってよ」

ノボルはまた威張って言う。

「どうして、知ってるの？　ノボルはスパイだ」

キミコが足で、ノボルのすねを蹴飛ばした。

「知ってるんだ、おれは……ああ見えても、ほんとはすごくでっかいんだって。東京さ、空襲してるんだべ」

私にはどう見ても小さく、きれいすぎて、それに悠々として、日本に遠足にでもやってきたように見えてしまう。

ノボルは手を空に突き刺すようにむけて、調子を取った。

「いざ、いざ、マッカーサー
飛んで来るなら受けてたつ、海の地獄へ沈めるぞ」

「海の地獄」

私はまねして歌った。

「うちに芋買い出しに来た人が歌ってた。何回も歌うから覚えちまった」

「マッカーサーってなまえ、ほら、漫画のミッキーマウスみたいね」

「なに、それ？」

キミコが言った。

「敵の国の漫画だべ」

ノボルはいろんなことを知ってる。

帰り道、私は下駄を脱いで、鼻緒握って、ぶんぶんいさましく振りながら、トンネルに入っていった。

「いざ、いざ、マッカーサー
飛んで来るなら受けてたつ」

「海の地獄に沈めるぞ」のところを何回も歌った。

カズちゃんが学校を休んだ。毎朝、必ず遅れそうになる。でもぎりぎり間に合って、先生が教室に来るころには静かに座っている。そのカズちゃんが今日は来ない。二時間目になっても来ない。おかあさんの具合が悪いのかもしれない。学校が終わると、私はカズちゃんの家に向かった。しらみにたかられてから、そんなの気にしないつもりだったのになんとなくカズちゃんに近づかないようにしていたのも気が引けていた。カズちゃんの家の入り口からそーっとなかをのぞく。この前と同じように、ふくらんだ布団が見える。そばで、妹のミッちゃんを背負って、カズちゃんが帳面を膝に置いて、何か書いている。きっとまた事典の言葉だ。

こほこほと咳が聞こえて、布団が動いた。

「カズコ、今日はおかあちゃんが、ごはん、つくるから。そのまま、お勉強、つづけてなさい」

「だいじょうぶよう、おかあちゃん、寝てた方がいい」

カズちゃんは布団を押し返すように、押さえた。

「少し、気分がいいから、あとで、あんたの勉強も見てあげようね。休んじゃって、遅れたらいけないもんね」

「遅れてなんてないよ」

カズちゃんが言った。

「自分でちゃーんとやってるから、心配しないで。おかあちゃん、あたしね、ずっと考えてたんだけど、野崎《のざき》市の女学校にいきたいの。ねえ、いいでしょ。いかせてくれる？」

「えっ」

お母さんの声が途切れた。

「勉強するから。お手伝いもするから。あたしは一番がいいんだ。あの女学校は県で一番でしょ」

「あんたが女学生になるの？　そうきいたら、おかあちゃん、元気が出てきたわ」

布団のなかから、カズちゃんのおかあさんがゆっくり体を起こし、カズちゃんの膝の帳面を覗いた。とたんに咳込んで、頭ががくんと下に向いた。

「カズちゃん……、字は縦線をまっすぐに書くと、お利口そうな……字になるわよ」

「そうか、道理で、あたしの字って、だんだん斜めになっちゃうと思った」

私はそっとカズちゃんの家から離れた。少し学校の方に戻り、道のわきに生えている桐《きり》の木の根元にすわり込んだ。

おかあさんて、あんなこと、勉強のことまで、いろいろ、言うんだ。

うらやましい気持ちがふつふつとわいてきた。

私も野崎市の女学校へいこう。カズちゃんのまねすれば、きっといける。

私は立ち上がり、カズちゃんの家に向かって走った。

「カズちゃーん、ちょっとよってみた」

私は今、きたよって、おどけた顔して、入り口からのぞいた。

「ああ、イコちゃん、学校、どうだった？」

「うん、いつもの通り。ちょっとよってみただけ。帰るね。急がないと、また暗くなっちゃう」

私はぱっと手を振ると、また走り出した。

「イコちゃん、キミコちゃんのとこで、おすしを食べたんだって？」

光子さんが不機嫌そうに、横眼で睨んだ。

私はどきーんとした。ばれてしまった。

「うん、食べていいよって……」

「もう、そういうことはやめてって言ったでしょ。『イコちゃんにすし、食わせたから』って、キミコちゃんのおかあさんに何度も言われちゃったわよ。向こうは悪気がないんだろうけど、しつっこくいわれる身にもなってよ。しょうがないから、半衿を持って、お礼に行ってきたわ。これからもお米や野菜を譲ってもらわなくちゃならないからね。食べたいのは無理もないけど、後が大変だから、やめてね」

「ごめんなさい」

私は、うつむいてつぶやいた。でも、声にはならなかった。

解ってる。私が悪いんだ。我慢しなくちゃならなかったんだ。でもいい子になんかなれない。ついこの間まで、光子さんだってこんな嫌みを言う人ではなかった。私だってもっと素直に話せたような気がする。いまは話し合うことがなく、終わりはいつも「ごめんなさい」で終わる。カズちゃんのおかあさんの話してる姿が思い浮かんだ。やっぱりどこか違う。部屋は散らかって、へんな匂いもするけど、カズちゃんの家は空気が違う。

「あんなに若いのに、子どものいる家に嫁に来てくれたんだから、ありがたく思わなくちゃね。光子さんを大切にするのよ」

タカさんはよくこう言った。

私はひねくれてるいやな子供なんだ。ありがたいなんて思えない。光子さんは大人、私は四年生の子供、それは変えられないから、言いたいことも我慢しなくてはならない。それに国は戦争中、我慢のうえに、大きな我慢がかぶさっている。今がとても大変だから、だれもが、これからのことなんて考えられない。

それでも私は、おそるおそる言ってしまった。

「わたしね、卒業したら、野崎市の女学校にいく。そうしようと思ってるの」

光子さんは驚いたように目を開いた。

「え、女学校？　まだ先のことでしょ」

それから、じっと私を見つめた。

「ううん、あと二年」

「あら、そう、そうか……」

光子さんは、私の女学校のことなんて、考えてもいなかったのだ。

「でも、そんなとこへいくの？　あなたは、東京の女学校へ行くんでしょ。いい学校いっぱいあるんだから」

私は黙った。戦争だから、疎開してるんでしょ。東京に行けるわけがないじゃない。もし、行けたって、私はカズちゃんといっしょがいい。県で一番の学校がいい。ああいうおかあさんの子どもの、カズちゃんのまねをするんだ。

突然、セイゾウさんに会いたくなった。大きなこえでわんわんと泣きたいほど会いたくなった。さびしくって、さびしくって、気持ちが抑えられない。いつもいつも一人ぽっちなのだもの。もうここにいるのはいやだ。東京へ行こう。汽車が走ってなくたって、線路を伝って歩いていけば、どこかに行ける。すこしでも東京に近いところまで行きたい。そう思いだしたら、気持ちがどんどん動きだして、止まらない。私は家出の方法を真剣に考え始めた。まずお金がいる、それから食べ物、着替えも持ってと考え始めたら、少し勇ましい気分になってきた。

夜になるのを待った。光子さんとヒロシが寝てしまうと、タカさんが縫って送ってくれた綿入れの半てんを着て、チエコさんをおぶって、ひもできつく締めた。子どもだと怪しまれないように、防空頭巾をかぶる。下駄の鼻緒が切れた時に裂いて使えるから、手拭《てぬぐ》い、下着を二枚、お年玉を貯めておいた箱からお金を全部出した。それから、昼間は外に干して、夜は土間に入れている、作りかけの干し芋を握れるだけ握って、新聞紙に包んで、肩掛けの袋に入れた。

二人の静かな寝息を聞きながら、そっと外に出る。もし気がつかれたら、「お便所」って言えばいい。

外は真っ暗。お月さまもない。冷たい空気がぶつかるように、おしてくる。空が少し明るい。その下で、トンネルの森はくろくうねうねと続いていた。

駅へはトンネルに入らずに、反対に行けばいいんだ。私はトンネルの入り口で体の向きを変えた。でも、ふっと思い立って、振り返る。それから両手をわきにのばし、きをつけをして、頭を下げた。背中のチエコさんもつられて、ぷらんと頭を下げた。

「さようなら」

小さな声で言って、歩き出した。

すると返事でもするように、森の中から、細いハーモニカの音が聞こえてきた。はっと身を縮めて、振り返る。音は少し大きくなって、森のあちこちからしみるように流れてきた。

トンネルの奥に目を向けた。自然と足が、反対へ、奥へと動いていく。いつ出たのか、月の光が蜘蛛《くも》の糸のように、細く、木の間から落ちてくる。その先にすーっと人の姿が現れた。でも見えるのは黒い影だけ。戦闘帽をかぶり、ゲートルを巻いた、黒い影は足をそろえ、きをつけをしている。ハーモニカを持っているのか、手が顔の方に上がっていく。すると、いっときやんでいた音がまた細く流れだした。影はまったく動かない。でもじっと、じっと、強い力で、私を見つめているのがわかる。

「さよなら」

私はもう一度言った。口がからからで動かない。

「さよなら」

もう一度言った。

すると、ハーモニカの音が止まり、兵隊さんの影が、さらにきっと直立すると、ゆっくり頭をさげた。それから後ろをむくと、暗い森の中に入っていった。

「まって」

でも振り返らない。影は木のあいだに消えていく。肩が下がって、後ろ姿はとってもさびしそうだった。こんなさびしそうな人を見たことがなかった。足元で木の葉が舞っているのに、足音は聞こえない。

「ありがとう」

私は叫んだ。この森に、兵隊さんがいて、私のおまじない「イコが通りまーす」を聞いていてくれた。おかげで弱虫の私は暗い道を走ることが出来た。だれにも見えなくても、みんながそんなことありえないと言っても、兵隊さんはいたのだ。兵隊さんにも私はいたのだ。私に見えるように、兵隊さんにも、私が見えていたのだ。みんなが必死になって戦争しているのに、お国に背いて逃げた人。そんな人にさびしさは許されない。そう言いたい。カズちゃんのおとうさんのことを考えると、とっても卑怯なことだって言ってやりたい。でも、さびしそうなハーモニカの音を聞いているうちに、私の気持ちはすこし変わってきた。どんな事情があったのかわからないけど、もしかしたらどうしようもない弱虫なのかもしれないけど。みんなに背を向けて、自分でひとりぼっちになろうと決めるのは、そんなに簡単ではない。強い心がないと出来ない。どんなさびしさも我慢するという覚悟がないと出来ない。

私は、もう一度ぺこりとお辞儀をすると、トンネルの出口に向かった。

「イコが通りまーす、イコが通りまーす」

私は振り向いて、何度もつぶやいた。

気がつくと、森は相変わらず暗い。私がいなくなったら、兵隊さんはどうなるのだろう。さびしいだろうか。冷たい空気が急に首から体の中に流れ込んできた。私は体の向きを変え、家にむかって走った。そっと戸をあけて、布団にもぐり込んだ。私も我慢しよう。

学校帰りに、いつものように走ってトンネルを抜けると、ヒロシをおぶった光子さんがむこうからぶつかるように走ってきた。手には電報の紙を握っている。

「おばあちゃんが、おばあちゃんが、空襲に遭《あ》って行方不明だって。今、おとうさんから知らせがきたの。私はヒロシを連れて東京へ行ってくるから、一人でお留守番してね」

「やだ！　わたしも行く。わたしのおばあちゃんだもの」

私は叫んだ。

光子さんは一瞬、すいっと目をそらした。私が「わたしのおばあちゃん」というのが、気に入らないのだ。

「だめ！」

光子さんはびっくりするほど強い声で言った。

「危ないから。爆弾が落ちてくるのよ」

「ならないのは、だれでも危ないでしょ。ヒロシは危なくないの？」

「ならヒロシを置いていってもいいの？　ふたりでお留守番してくれるの」

光子さんはいつになく強い口調で言う。文句が言えなくて、私は黙ってしまった。

「そうしてくれると、ありがたいわ。イコちゃん、頼む、頼むわ。なにかあったら、校長先生に言いなさい。鋳かけどんでもいいわ。出来るだけ早く帰ってくるからね。寒いからなるべく暖かくしてね」

それから、食べ物のこととか、ヒロシをお便所につれていくこととか、泣いたら、取って置きのお砂糖を指の先につけて、ちょびっとなめさせなさいとか、こまごま言

って、光子さんは出かけていった。それから二宮金次郎のように、カズちゃん
私はヒロシを負《お》ぶって、半てんを着た。それから二宮金次郎のように、カズちゃん

夕暮れが近かった。しーんと静かで、だれの気配もしない。

私はヒロシの体をゆすりながら、いつもよりずっと大きな声で、トンネルの入り口で叫んだ。

「おばあちゃんは大丈夫。おばあちゃんは大丈夫」

自分の声にあわせながら、足を前に進める。

「おばあちゃんは大丈夫」

かすれるほど声を張り上げれば、向こうの出口からおばあちゃんが走ってくるかもしれない。

それから、深くお辞儀をした。

「西田イコ、弟、ヒロシ、いっしょに『とおりゃんせ』を歌います」

ヒロシのおしりに手を当ててゆすりながら、トンネルの奥へ吹き込むように、歌った。

「とおりゃんせ　とおりゃんせ
こーこはどーこのほそみちじゃー
てんじんさまのほそみちじゃー」

「ほそみちじゃー」

ヒロシも両手を振って、歌ってる。

その夜、ヒロシにチエコさんを貸してあげた。ヒロシはチエコさんを抱きしめ、私はその二人に上から腕をまわして、布団のなかで、必死で、おまじないをつぶやいていた。

「おばあちゃんは大丈夫。おばあちゃんは大丈夫」

すると、森から、「とおりゃんせ　とおりゃんせ」とハーモニカが聞こえてきた。繰り返し、繰り返し。いつになく不思議と明るい音。目をつぶると、音は私の体の中に入り込んで、「とおりゃんせ　とおりゃんせ」となり続けた。

おばあちゃんはきっと大丈夫。

いつの間にかヒロシも眠っている。いつも寝る前はぐずぐずと泣くのに、今日はとってもおとなしい。チエコさんを抱いて、顔をうずめて、自分の指をしゃぶって、すぐ寝てしまった。ヒロシがかわいかった。

次の日の夕方、光子さんは帰ってきた。顔も手も真っ黒、目はくぼんで、周りが涙でまだらになっていた。

おばあちゃん、タカさんは死んだ。

「うそ」と私は叫んだ。「うそ、うそ、うそ……」足をばたばたさせて、何度も叫ぶ。でも叫べば叫ぶほど、これは本当のことなのだと思えてくる。

「焼けて、なんにも残っていなかった。まだ熱くてね。焼夷弾《しょうい》って、何もかも焼いてしまうのよ。ほんとうになにもかも。おそろしい！」

光子さんは真っ黒な手で、涙の目を何度もこすった。

「おじさんは？」

光子さんは首を振った。

「じゃ、おばさんも？」

光子さんは苦しそうにうなずいた。

「それがひどい話なのよ。本郷の家はまだ壊されてないんですって。残ってるのよ」

建物強制疎開させられるはずの家は残った。命令を守って立ち退いたタカさんは死んだ。ひどすぎる。

「おとうさんは大丈夫？」

「うん、でもおかあさんも、おにいさんもなくなったのだから」

光子さんは苦しそうにうなずいた。

「どうしていっしょに帰ってこなかったの」

「後片付けがあるでしょ。お葬式もあるし」

「わたしはおばあちゃんのお葬式に行けないの？」

「うん、これからお骨を集めてお寺に預けるだけだし、東京はとっても危険なの。また空襲になるかもしれない」

急に光子さんは声をあげて激しく泣き出した。

「ねえ、どうしたの？　おとうさんがどうかしたの？」

私は光子さんの腕をつかんでゆすった。光子さんは倒れそうになりながら、ひきつるように泣いている。涙がぼうぼうと落ちて、胸を濡《ぬ》らしていく。光子さんがこんなに泣くなんて、まるで子供のようだ。ヒロシも泣き出した。私は光子さんの震えてる体にしがみついて、背中を叩《たた》きながら、言った。

「おとうさんなら、大丈夫よ。兵隊さんになったときも、帰ってきたじゃない。大丈夫よ、絶対」

不思議と涙がでてこない。

「そうよね、大丈夫よね」

光子さんは少し静かになって、うなずいた。

タカさんはいなくなった。おばあちゃんは消えてしまった。一緒にご飯を食べ、一緒にお風呂《ふろ》に入り、一緒に寝ていたのに、そのおばあちゃんがいなくなったのが、信じられない。本当だと思えない。このところずっと会えなかったけど、あそこにいると思えば、安心だった。もうどこにもいないのだ。触ることも、話すことも、なにもできない。一緒に私も消えてしまいたい。

しばらくして、セイゾウさんから小包が届いた。

「イコ、元気かな。おとうさんはイコのこと心配してるよ。君はおばあちゃんと仲良しだったからね。それも普通の仲良しじゃなかったものね。おとうさんはそんな二人を思うと、少し、救われる。おとうさんの工場も空襲で焼けた。働くとこがなくなった。もしかしたら、そっちに行けるかもしれない。でも町内会の会長だから、いち早く逃げ出すわけにもいかないんだ。

おばあちゃんの焼け跡から、ボタンの缶が出てきた。少し焦げてるけど、奇跡的に焼けなかった。イコに送ります。一緒に暮らせる日をたのしみに、元気でいてください。父より」

見覚えのある缶だった。むかしのビスケットの缶。火で模様が溶け、形も歪《ゆが》んでいる。力を入れて、蓋《ふた》を取ると、なかにタカさんが溜《た》めていた、ボタンが入っていた。昔の洋服から取ったボタンや、かわいいからいつか使うつもりだったボタンが、まるでタカさんの目のように、私を見ている。蓋をして、胸に抱きしめた。

「おとうさん、帰ってこれるかもしれない」

私は光子さんに言った。

「そうなるといいわねえ。もう会長さんなんて、やめちゃえばいいのよ」

光子さんは首をすくめ、ほんとうに久しぶりに小さな笑い顔を見せた。

簞笥《たんす》の上に載っているラジオはますます雑音が多くなった。言葉より先に、がーがーぴーぴーと叫ぶ。でもニュースの時間は、必ず光子さんは耳を近づけ、私は背伸びして、聞いている。

「大本営発表　本日　敵機B29来襲、高度より猛爆せり。火災生じるも、損害極めて軽微なり」

この頃はこんな放送が多い。大勝利ばかりではなくなった。空襲があったことは発表するけど、損害は少ないという。沢山の人が死んでいるのに、おばあちゃんも死んだのに、損害は少ないの？　本当だろうか。

いよいよ本土決戦だと言う人もいる。本土って、日本のこの土地のことでしょ？　ここで戦が起きるということでしょ？　敵と味方が向き合って、槍《やり》を持って、昔の侍の戦のように争うということでしょ？

食べ物も手に入れるのが、ますます難しくなった。農家の人たちも、お国のためと、出来る限りお米を供出している。

「おれのとこで食うのが精いっぱいさ。売るのはもう無いな」

断る言葉はいつもきまっている。

光子さんの箪笥《たんす》のなかの、きれいな着物はおおかた姿を消してしまった。今では底の方に少しあるっきり。セイゾウさんの着物ばかりだ。それでも鋳かけどんや、知り合いに頼んで、食べ物を分けてもらって、ぎりぎり食べている。

カズちゃんのお母さんが死んだ。私もおばあちゃんのことがあったので、学校を休んだりしていたから、今日、先生に聞いて驚いた。お葬式があるので、参加するようにということだった。カズちゃんはどうしているだろう。カズちゃんのおかあさんは私のおかあさんにしたいぐらい、やさしいお母さんだった。カズちゃんのところに飛んでいきたかった。でも、カズちゃんはきっと一人でいたいのではないかと思う。

「香典持っていくべ」

ノボルが言った。

私は驚いた。そんなこと思ってもみなかった。子供が香典を持っていくなんて。

「持っていかねば、恥ずかしいべ」

キミコが言った。

「お香典持っていくんだって。こっちじゃ、子どもも持っていくみたいなの。私も同じにしたい」

私は光子さんに言った。

「子どもが……？　そんな必要はないわ。私が持っていくから、心配しないで」

私は大事にしまっておいた雛菊《ひなぎく》の刺繍《ししゅう》の付いたハンカチを取り出した。今まで一回しか使ったことがない。使って、落としでもしては大変と、引き出しの奥に、封筒に入れてしまっておいた。私はそれをカズちゃんにあげようと思った。大事に胸に挟んで出かけた。

カズちゃんはきちんと正座して、お参りに来た人たちに、丁寧にお辞儀をしていた。泣いていない。そのひざに妹のミッちゃんが寄りかかっている。カズちゃんにはおとうさんも、おかあさんもいなくなった。子供、二人っきりになってしまったのだ。お線香の匂いがながれ、お坊さんがお経をあげている。カズちゃんはこれからどうなるのだろう。私が大人だったら、あのおかあさんのような人になって、いっしょに暮らすのに。私は泣きそうになるのを我慢して、震えながらお参りをした。ハンカチは渡せなかった。今のカズちゃんが喜ぶとは思えなかった。

「イコちゃん」

光子さんの鋭い声がする。ぱたぱたと足音がして、板戸を乱暴に引き開けている。ただならないその音に、ぐっすりと寝ていた私は飛び起きた。光子さんが外に駆け出していく。

「どうしたの？」

私も大急ぎで下駄《げた》をつっかける。

森の向こう、西の方の空が奇妙に明るい。

「なにかしら」

光子さんの声がふるえている。

「もう、朝なの？」

私はまだ半分寝ている目をこすった。

「まだ。でもあの空、東京の方じゃない……？」

光子さんは家に飛び込むと、ラジオをつけた。相変わらずがーがーと雑音、光子さんは耳をくっつけるようにして、聞いている。抱いているヒロシがずり落ちそうだ。

私もそばでがーがーといっている音に飛びついた。

次第に夜が明けてくる。

「空襲だわ、きっと」

光子さんは私の肩に手を置くと、がくんとひざを折って、しゃがみ込んだ。

「おばあちゃんの時とおなじだわ……」

「空襲、どこ？　どこなの？」

光子さんは解らないというように、首を振る。

「東京かもしれない」

「おとうさんなら、大丈夫。絶対に大丈夫。ね、そうよね」

私は光子さんの肩をゆすって、ぶつけるように言った。

光子さんは何も言わないで、うんと首を前に傾けた。

まだ、空は異様な色に染まっている。夜が明けたのに、濁っている。

私と光子さんは、庭先に座り込んだまま、呆然《ぼうぜん》と見つめていた。冷たい風が吹いて、森が大きくゆれている。

しばらくすると、鋳かけどんが自転車に乗ってやってきた。

「どうやら東京がひどくやられたらしい」

鋳かけどんは荒い息をしながら言った。

「下町一帯とか……」

「まさか」

「ならいいがな」

「わ、わたし、行ってきます。子供たちあずかっていただけますか?」

光子さんは袖《そで》で顔を拭《ふ》くと、立ち上がった。

「いや、そりゃ、無理、無理だべよ。様子は分からないけど、大きな空襲らしいよ。おれが行ってきてやるよ。鉄道動いてるか解んないけど、行けるとこまで行って、後は歩いていくから。あんたらはここで待ってろ」

「待ってるなんて」

光子さんは家に入ると、大きな風呂敷《ふろしき》を広げた。

「わたしも、わたしも行く。ね、ねっ」

私は光子さんにしがみついた。

「落ち着いて、おくさんも、イコちゃんも。気持ちは分かるけど、ここはおれが行くべ」

鋳かけどんは言った。

「大丈夫だ、心配はねい。まかせな。あんたたちが行ってもどうにもならないべ」

もう一度、きっぱりと言うと、自転車にまたがって、帰っていった。

ラジオはだんだんいろいろなことを話し始めた。

「十日深夜、東京、下町一帯に、敵機Ｂ29、来襲。爆撃をこうむるも、被害は、……」

空襲はあったけど、被害はそれほどでもないという。……でもあの空はなに？　唯《ただ》ならない色をしていた。

「本土決戦」

という言葉も、ニュースにしばしば混じるようになった。そのたびに、光子さんと私は顔を見合わせた。

三日たっても、セイゾウさんから連絡がない。鋳かけどんもまだ帰ってこない。手紙も電報も止まっているらしい。

「私、駅まで行ってくるわ。少しは様子が分かるかもしれない」

光子さんが言った。

「わたしも行く」

私は飛びつくように言った。

「遠いわよ。三里はあるわよ。歩ける？」

「大丈夫」

光子さんは豆の炒《い》ったのと、干し芋を袋に入れると、ヒロシを負ぶった。

「わたしもヒロシをおんぶできるから。ときどき代わってあげるね」

私も大急ぎで支度をした。

「もしかしたら今日中に帰ってこれないかもしれないわよ」

「駅の椅子で寝るの平気よ」

私は手を大きく振って、元気なところを見せた。

私と光子さんはだまって歩いた。荷車のわだちで深い溝ができた泥道を歩いた。この道を通るのは、疎開してきたとき以来だ。あたりすべてが白っぽく見える。農家の垣根からのぞく梅の花は盛りを過ぎて、茶色になって薄汚い。鼻緒にこすれて、足袋《たび》の親指と人差し指の間が裂けてきた。

この田舎に来れば安心だって、セイゾウさんは言った。安心なんてぜんぜんない。タカさんも死んだし、セイゾウさんだって、どうなっているかわからない。生きていれば、私たちのところに帰ってこないはずがない。

連絡もない。心配は時間とともにどんどん大きくなっていった。

三時間も歩いて、駅に着いた。中をのぞくと、長椅子に年取った男の人と、女の人、それから光子さんぐらいの人、小さな男の子がくっつきあって座っていた。防空頭巾《ずきん》は半分焼けて、こげた綿がはみ出している。火で燃えたのか、髪の毛がない。眉毛《まゆげ》もない。目は濁って、どこを見ているのかわからない。瞬きもしない。

光子さんは、「大丈夫ですか」とのぞき込んだ。かすかに若い方の女の人がうなずく。光子さんは袋の中をさぐって、非常用にといつもポケットに入れてある氷砂糖の袋を取り出して、ひとつずつ差し出した。それぞれありがとうというように、顔を傾けて、口に入れた。

「あ、お水! のど渇いていらしゃるんじゃない」

光子さんが言った。私は外に飛び出し、駅のわきにあったポンプの井戸からバケツに水をくみ上げて、運んだ。

すると、すすで黒ずんでいる手で水をすくって飲み始めた。

「ありがとう」「たすかります」

やっと口が動いた。

「どちらからですか?」

光子さんが若い女の人に顔を近づけて聞いた。

「浅草です」

「大変でしたね」

光子さんが言う。

「もう、ひどい、ひどくて……」

おばあさんの目がくちゃくちゃと動いた。

「深川の方はどうでしょう」

光子さんは聞きながら、おそるおそるおじいさんの方に顔をむけた。

「下町、一帯、全部ですよ。空襲のサイレンが鳴ったかと思ったら……焼夷弾がどかどかと落ちてきて、あっという間に、一面の火です。息が出来なくて……ひどい、ひどい……もう地獄です」

みんなの細い泣き声が、のどのおくで引きつっている。やがて、はじけたように泣き出した。

「でも、ご無事でよかったですね。ほんとうに」

光子さんはみんなの肩を抱くようにして言った。自分もぎゅっと両手を握りしめ、体中をつっぱらせて、泣きそうなのを我慢している。

「はぐれて……」

おばあさんはじゃくりあげながら言った。「どなたと？」光子さんが顔を近づける。

「息子夫婦と孫たちふたり、はぐれちゃって。隅田川《すみだがわ》まで一緒だったんだけど。そこも、ものすごい火で……」

私の頭がぐらんぐらんと痛み出した。恐い。そんな恐ろしいことが起きてるのだ。みんなのつらい気持ちがつたわるのか、光子さんの背中でヒロシがぐずりだした。

「どうやって、ここまで？」

「線路を歩いて……ずっと歩いたんです」

おじいさんが言った。

「一緒に歩いてきた人もいたんですよ、でも倒れたり、歩けなくなったりして。うちは食べ物少し持ってたので、よかった」

「まだ生きてるなんて、ありがたい」

おばあさんは両手を合わせて、目をつぶった。

「駅には、だれもいないのかしら」

光子さんは切符売り場の窓を覗いた。

「なにか食べ物持ってきてくださるって、言われて……」

女の人が言った。

「これからどちらに行かれるんですか？」

「牛久《うしく》のほうです。親戚《しんせき》頼っていきます」

「確かそこは隣の県ですよね」

光子さんが言った。

「ええ、会ったこともない親戚なんですよ、でもしょうがない。ここからだいぶありますよね。川を渡らないとね、渡れるかな」

おじいさんは不安そうに目をしばしばさせた。

「すいません。私、あまりここいらのこと、知らないもんですから」

ぎーぎーと音をさせて、牛車《ぎっしゃ》がやってきた。手拭《てぬぐ》いを姉さんかぶりにした女の人が、手綱を引いている。あとから年取った駅長さんが追いかけるように歩いてきた。

駅長さんは急いで入ってくると、「にぎりめし」と言って、竹の皮の包みを開けた。

まっ白なおにぎりが、四つ！

私は思わず前のめりになる。光子さんが私の肩をぐっと引っ張った。目が「やめて」と言っている。思わずお腹が飛び上がったけど、まさか横取りなんてしないわよ。

おにぎりをつかむと、四人はむさぼるようにかじりついた。

「この土橋《つちはし》の姉ちゃんが、川まで乗せていくから、後はまただれかにたのんでみたらどうです？」

「は、はっ」

四人は言葉にならない音を出して、何度もお辞儀をすると、小さな荷物を抱えて、牛車に乗り込んだ。ぎーっと動き出し、やがて、遠ざかっていった。

その姿が見えなくなると、光子さんは、駅長さんに聞いた。

「鉄道は動いているんですか？」

「さあ、止まってるんだべよ。ひどかったらしいから」

「いつ動くんでしょう？　主人が帰ってくると思って。連絡がないんです。心配で心配で」

光子さんはすがるように駅長さんを見上げた。

「電話も電信もとまってるから、わしらにもわからんのです。おくさん、心配だろうけど、ここで待っててもしょうがないべよ。うちはどこ？」

「山川村のはじなんですけど」

「歩いてきたのか。遠かったべ。旦那《だんな》さんはここまで帰ってこれたら、必ず家にいくさ。きっと大丈夫だから、家で待ってた方がいい。違う方から帰ってくるかもしれないでしょうが」

「はい、そうですね」

光子さんはうなずいた。

線路の向こうから、中学生ぐらいの男の子がよろよろと歩いてきた。手に巻いた手拭いに血がにじんでいる。前の人たちと同じように燃えて、髪の毛も、眉毛もない。着ている制服は焼け焦げだらけで、破れた布がびろびろと垂れ下がり、千切れたゲートルを後ろに引きずっている。うつろな目をして、駅に入ってくると、倒れるように椅子に座り込んだ。

「水飲むか？」

駅長さんが聞いた。

駅長さんがバケツの水をしゃくって、さしだすと、片手で握って、むさぼるように飲んだ。

「大変だったべなあ」

駅長さんが話しかける。やっぱり返事がない。目は一点をみつめたまま、口だけがぴくぴくと動いている。

「その怪我、洗って、赤チンぬってやるから、わしの家さ、来い」

駅長さんは少年の肩を抱いて立たせた。

「おくさんは、早く家に帰りなさい。暗くなるから」

「はい」

光子さんはお辞儀をすると、私をうながして、とぼとぼ歩き出した。

あの中学生は、一人だった。うちの人はみんないなくなってしまったのだろうか。

一週間ばかりして、鋳かけどんが帰ってきた。途中の駅から汽車が動き出したという。

「おくさん。なにもかも焼けてしまった。なんにもなかったよ」

「それで？　主人は？」

そんなに日にちもたっていないのに、鋳かけどんはげっそりと痩《や》せている。口数も少ない。光子さんを見つめて、「うーっ」とうつむくばかり。

「ご近所の人は？」

光子さんが前のめりになって聞く。

「裏の長屋なんか、影も形もなかった」

「うちも？」

「見渡す限り焼けちまってよ。セイゾウさんの店がどこだったか、なかなかわからんかった。店の床の茶色と緑のタイルが少し残ってて、それでやっとわかった」

光子さんはよろよろと縁側に座り込んだ。

「おとうさんは、どこにいるの、ねえ、ねえ」

私は鋳かけどんの胸を責めるように押した。

「わかんねえ。ごめんよ」

「近所の人、誰かいたでしょ、だれか」

光子さんも言う。

「だれもいねえ。みんなやられたらしい。すさまじいんだ。あんなことなんて……この世のことって思えねえ」

鋳かけどんは苦しそうに、顔をそむけた。

「おれは、地獄を見てきた。もうこれ以上は聞かないで」

涙がぼろぼろとこぼれだした。拳《こぶし》でつよくこすっては、鋳かけどんはまた泣いた。

目の前が真っ暗になった。私は部屋に駆け上がり、積んである布団に顔を押し付けて泣いた。

あまりにもひどい。私の大事なおとうさんがいなくなるなんて。おばあちゃんも死んでしまったのに。

「やっぱり、私、東京へ行ってきます」

光子さんが言った。

「やめたほうがいい。空襲は恐ろしい。セイゾウさんだって、どこかで生きてるかもしれない。なにせ混乱してるから。おくさん、ここで待ってるのがいいべ。何が起きるかわからないからな。また敵が飛んでくるよ。これで終わるわけがない」

鋳かけどんは自転車に積んできた、お米と小豆を置いて、帰っていった。

「おくさん、食いもんはなんとかするから、言っておくれ」

そう言ってくれたのに、それどころではなくなった。数日後、深川のお店で働いていた、鋳かけどんの息子ヤスちゃんがニューギニアで戦死したという知らせが入った。私の知っている人が、一人、一人　死んでいく。日本の人がどんどん死んでいく。

駅に続く往還に、東京から避難してきた人が通ると聞いて、光子さんはセイゾウさんのことがわかるかもしれないと、私にヒロシの世話と留守番を頼んで、毎日のように出かけていった。そして、涙で目をはらして帰ってくる。

「あんなひどいことが起きたんだわ」

光子さんは力なくつぶやく。

みんな、焼けてぼろぼろ。なにを聞いても、言葉を忘れたように、うつむいたり、首をふって、通り過ぎていくという。光子さんは持っていった大豆の炒ったのを手に握らせるぐらいしかできなかった。それでも、次の日もまた出かけていった。

「おとうさん、帰ってきてちょうだい。わたしを一人にするのだけはやめて」

不安がひりひりと私の体をしめつける。私はヒロシの手を引いて、トンネルに入っていった。

「おとうさんを返してください、おとうさんを返してください」

おまじないが自然と口から出てくる。

「ヒロシ、あなたも言うのよ」

私はヒロシをだき上げた。

「トンネルさんって」

「トンネルさん……」

ヒロシは言われたとおりに口を動かした。耳をすますと、森の木のあいだをぬって

かすかなハーモニカの音が、聞こえてきた。

あっ、兵隊さんだ。あたりを見回す。

「あっち」

たどたどしく歩くヒロシが音の方を指さして、私の手を引っぱる。ヒロシにも聞こえているらしい。トンネル道を外れて、森の中に入っていく。相変わらず森は深い緑に覆われて、真っ青なはずの空が見えない。

ハーモニカの音が、風のように私の体の中を流れていく。こっちから聞こえてきたかと思うと、違う方からも。森がハーモニカを吹いているようだ。私はあわせて、口

ずさんでみる。ヒロシは落ち葉のうえを、下駄の足でずるずると動かしながら、口をぱくぱくいっしょに歌っている。ふいに胸が熱くなった。

ヒロシがそばにいる。手をつないでいるのは私の弟。私はヒロシをぎゅっと抱いて座り込んだ。私の膝《ひざ》のうえで、ヒロシが笑った。いっしょに音に合わせて、首をふる。私も笑った。

遠くの木の間から、染み出た靄《もや》のように、兵隊さんの影が現れた。ハーモニカを口に当て、私たちに向け小さな音を飛ばしている。

「兵隊さん、おとうさんが行方不明なの。おねがい、おとうさんに聞かせてあげて」

「あ、あ、あ」

ヒロシがゆびさした。

「弟なの、ヒロシっていうの」

私は言った。

「おとうさんを返して、お願い」

音は、少し大きくなり、広がっていく。合わせて兵隊さんの体もかすかに前後に揺れていた。

やがて吸い込まれるように音は消えていった。兵隊さんの影も、薄くなりながら、遠ざかっていった。

見回すと、森はぐっと暗くなっていた。トンネル道から少し入っただけなのに、どこにいるのかわからなくなった。私はあわてて、ヒロシを抱きかかえて歩き出す。足元の枯れ枝がぽきぽきと鳴る。

とおくにぽつんと小さな光が見える。それはぐんぐんと私の方に近づいてきた。そして闇夜の電気のように、明るい出口が口をあけた。

私はヒロシといっしょに、光の中に飛び出した。


セイゾウさんからの連絡がないままに、日にちが過ぎていった。毎日胸がいたい。光子さんも、往還に捜しに行くのが少なくなった。

「少し落ち着いたようだから、私、やっぱり東京へ行ってくる」

光子さんは真剣な顔をして言った。

「明日《あした》早起きして」

私も行きたい。でも口を結んだ。

私が行けば、ヒロシも行くことになる、それはやっぱり無理だと思った。

「わたしは、学校へ行くね。ヒロシを負《お》ぶっていく」

セイゾウさんのことで、ずっと学校をやすんでいた。でも、急にカズちゃんに会いたくなった。

「えっ、まさか、おんぶして！」

「こっちの学校は、おんぶしていってもいいのよ」

「重いわよ」

「疲れたらヒロシを歩かせるよ」

「でも、私、あなたにそんなことさせられないわ」

光子さんは言った。

「大丈夫だから、気にしないで」

私はなるべく元気な声を出して言った。

「でも、絶対絶対、帰ってくるって約束してよ、絶対よ」

「もちろんよ」

光子さんは夜が明けるのを待って、東京へ出かけていった。数が少なくても、途中まで列車は動いているらしい。

私はヒロシをおんぶして、光子さんが作ってくれたおにぎりを二つ持って、学校に行った。

ヒロシを背負って教室に入っていくと、「まあ、西田さん、すっかり土地っ子になって」と先生はおどろいている。

私はヒロシをおろして、一番後ろの席にすわって、窓から外をちらちらと見ながら、カズちゃんがくるのを待っていた。始まりの時間がきても、カズちゃんはこない。とうとう学校が終わるまで、カズちゃんはこなかった。お母さんが死んだから、一人で忙しいんだ。私はセイゾウさんのことが心配で、カズちゃんのことを忘れていた。とてもすまない気持ちになった。

「カズコさんはおやすみなのですか？」

私は先生に聞いた。

「あら、しらなかったの。沢井さんは、館山《たてやま》のほうの親戚の家に引き取られていったわ」

「えっ、館山？　そこに親戚があったんですか？」

「そうらしいの。沢井さんも知らない親戚なんだって。でも、親戚だから……」

先生も気がかりらしく、眉をひそめた。

「そこ、どこですか？」

「千葉県の南、いちばん南」

「そこ、遠いですか?」

「うーん、遠いわねえ」

先生は言った。

私は学校の帰り、ヒロシを負ぶって、カズちゃんの家に向かった。乾燥場の家の中には何にもなかった。天井近くから光が窓の形で床に落ちている。あの隅にカズちゃんのお母さんが寝ていた。百科事典が並んでいた棚は空っぽだった。オルガンもあったのに。

「ドラドラドラ〜〜」

細いカズちゃんの指を思い出す。

あの時、カズちゃんは得意そうだった。ここには私がうらやましくなるものがたくさんあった。大きくなったら、まねしたいと思うものがたくさんあった。それが今は空っぽ。

三日後、光子さんは帰ってきた。私の顔を見て、泣き出した。

「ごめんね、イコちゃん。弱虫で」

こう言われると、私は泣けない。

「見つからなかったのね」

「鋳かけどんの言うことは、本当だった。建物なんかひとつも残ってなかった。どっかの防空壕《ごう》に入っているかと、のぞいてみたけど……」

光子さんはそう言って、急に顔を覆うと、いっそうはげしく泣き出した。「あんな残酷なこと」と、また泣く。

「うちのところまで行ったの？」

私はちょっとイライラしてきた。

「行ったけど、ご近所の人にはだれも会えなかった。深川は特にひどかったって。細長い木切れが見つかったから、『ここに住んでいた西田セイゾウをご存知の方は、ご連絡ください』という文とこの家の住所と名前を書いて、地面に立ててきたけど。だれか見てくれるといいんだけど。まわりにそういう立て札がいっぱい立っているの」

どこからも何の連絡もなく、日は過ぎていった。セイゾウさんは帰ってこない。

その間も東京はたびたび空襲に遭《あ》った。がーがーとラジオは少しずつその様子を話すようになった。東京の中心地は全部焼かれてしまったようだった。

今まではセイゾウさんが工場でもらうお金と、箪笥の着物をお米に換えて暮らしてきた。それが今はふたつともない。光子さんは、親しくしていた農家を歩き回り、安く分けてもらって、なんとか過ごしている。でも、それがとても難しくなってきていることは、光子さんの顔を見ていると、わかる。子供の私に出来ることは、心配だけだった。

「イコちゃん」

ヒロシを寝かしつけると、光子さんは私を呼んだ。見ると箪笥をあけて、紙に包んだ着物を下の方から出している所だった。

床に置いて、結んだ紙ひもをほどいて、包みを広げる。

「わーっ」

私は思わず声をあげた。

桜色の着物と白い帯が目に飛び込んできた。光子さんが私の目のまえにさーっと広げる。白い花びらや、濃い桃色の花びらが肩のところから散り始め、裾《すそ》の方に積もっている。ところどころが、金や、銀の糸で刺繍されていた。

「きれーい！　どうしたの、これ？」

もう着物はないはずだった。とっくに若い女の人の着る着物はお米に換わっているはずだった。

「あのね、セイゾウさんと結婚すると決まって、初めてあなたにあった時、あなたが二十歳になったら、この着物を着てもらおうと思ったの。この着物はお振袖《ふりそで》。結婚前の人が着る物なのよ。私のおかあさんも着た着物。私も二十歳の時に着たの。だからあなたが二十歳になるまでは、どんなことがあっても手放さないつもりだった。でも……」

光子さんが言葉を詰まらせた。

「いいよ、売るんでしょ」

私はいそいで言った。

「言わない方がよかったわね。恩着せてるみたいね」

光子さんは弱々しく笑った。

「その着物、着てみたいな、ちょっとだけ」

私は光子さんの言葉にかぶせるように、早口で言った。

「あら」

光子さんが顔をあげて、驚いている。

「そうよね、ここで着るのは、『ぜいたくは敵だ』じゃないものね」

光子さんは立ち上がって、帯揚げや帯締めなどを小引き出しから、取り出した。

「きちんと着ようね」

光子さんは、私を立たせ、パンツだけにすると、肌襦袢《じゅばん》から、順番に、私の体に着せていった。帯はとっても長く、私の胴は細かったから、なんかいもぐるぐると回すことになり、二人で笑ってしまった。

「苦しい」

私は舌を、はーっと出して、言った。

「昔の着物は、金や銀をたくさん使ってるから、重いのよね」

「この袖、すごーい」

私は十歳、二十歳の人の背の高さとは相当違う。振袖の先は床にどんとくっついて、まだあまっている。私は両手で、袖を持ち上げて、お人形さんみたいに、くるっと回った。首をかしげて、なるべくかわいく見えるように、科《しな》を作った。

「チン　トン　シャン」

光子さんが三味線の音をまねた。

「よかった」

光子さんがしみじみと言った。

「でもセイゾウさんに見てもらいたかった」

「それはいいよ。おれが話してあげる。うまく話せるから。きっと喜ぶわ」

「あら、おれ、なの？　お振袖着て？」

光子さんは笑い出した。

私は着物を着たまま、むしろの上に正座をして、長い振袖を左右に広げて、昔のお姫様のように、両手をそろえてお辞儀をした。


沖縄《おきなわ》にアメリカ軍が上陸した。とうとう日本で地上戦が始まったのだ。大砲がどんどん撃ち込まれ、日本の国を守ろうと戦った人たちが、たくさん死んでいった。次は本土上陸だ、覚悟しなさいと言っているようだった。そうなったら、日本中が焼け野原になる。島国の日本は海に逃げるしかない。飛び込むんだ。その先は終わり？　死ぬことになるの？　それではセイゾウさんにもう会えなくなる。日本はそんなに弱い国だったのだろうか。ちがう大丈夫、日本には神風が吹く。私もノボルたちもそう信じている。でも、吹かないかもしれない。信じる気持ちと、疑いが、代わりばんこに、私の気持ちを揺さぶった。私は恐かった。望みが全くなくなってしまうことが恐かった。

村役場の人が訪ねてきた。

「お宅は、西田さんですよね」

「ええ」光子さんが答えた。何かが起きたのだ。顔が真っ青で、震えている。

「青山《あおやま》さんじゃないですよね」

「ええ、ちがいます。何か？」

「それが、市川《いちかわ》の病院から、調べてくれって連絡がきたんですよ。ご主人はなんてお名前ですか？」

「セイゾウですけど」

「ふん、そうですか……」

「なにが起きたんですか。はっきり言ってください」

光子さんは役場の人をにらんで、ぐっと近寄った。

「その人は西田だって言ってるそうです。ときどき、山川村って、つぶやいてるって言うんですよ。でも病院じゃ、記憶違いだろうって。着ていたものについていた、名札の名前は青山だったんだそうです。それで、問い合わせが来たんです。その人、大分記憶が曖昧《あいまい》になってるようで」

「その方、市川の病院にいるんですか？　私、私、これからすぐ行きます」

光子さんは言った。

「でも、おくさん、そうきまったわけでもないし……空襲、あるから、列車も満員で乗れないかもしれないよ」

「いきます、いきます、なんとしてもいきます」

光子さんは繰り返し言った。

「がっかりするかもしれないよ」

「きっと、主人です」

光子さんの顔が赤くなり、きりっとしてきた。

「じゃ、これが病院の住所ですから」

役場の人は帰っていった。

光子さんは、慌ただしく支度をすると、「イコちゃん、またヒロシをお願いね」と言って、走るように、出かけていった。

私の胸はどきどきして止まらない。きっとセイゾウさんだ。でももし違ったら、そう思うと胸が痛くなる。

日が暮れて、暗くなっても、私はヒロシをおぶって、庭を往ったり来たりしていた。

眠る気になれない。上を向くと、戦争なんてまったく関係がないみたいに、闇森の上から、向こうの畑が尽きるところまで、空は星でいっぱいだ。私は光る星一つ一つにおねがいしますと、祈った。

光子さんは帰ってこない。次の日も、その次の日も。なんの連絡もない。さすがにヒロシも、「おかあちゃん」と泣き出す。光子さんが置いていった食べ物も、暑い中で、へんな匂いがするようになった。

また心配がむくむくと大きくなっていく。光子さんも空襲にあって、このまま帰ってこなかったらどうしよう。ヒロシと二人きりになってしまう。私はカズちゃんのことを思った。どうしているだろう。カズちゃんもミッちゃんと二人っきり。でも、カズちゃんはおとうさんも、かあさんももういない。待つことも捜すこともできないのだ。そのつらい気持ちがわかる。私には、まだかすかな望みがある。それなのにもうすべてだめになったように、心はつぶれそうだ。

光子さんが帰ってきた。セイゾウさんを連れて。森の道から、セイゾウさんを乗せたリヤカーをひいて入ってきた。私は飛びつき、ヒロシはかけよろうとして、転んで泣いた。

光子さんはリヤカーから、セイゾウさんを肩で背負うようにおろして、家のなかに運んだ。

「おとうさん、おとうさん」

私は近づいて、息をのんだ。

セイゾウさんはひどい怪我をしていた。頭と、両足に包帯を巻いている。目を細く開けて、そばにいる私とヒロシを見ると、口が少し開いた。私は泣きそうになった。

おとうさんは生きている。帰ってきたのだ。

「ねえ、お風呂《ふろ》はいりたいでしょ。わたし、沸かすね」

私は汗と、ほこりでよれよれになっている光子さんに言った。

光子さんは、「それより、お水……ちょうだい」と言った。茶わんに入れて持っていくとセイゾウさんもお水をのんだ。

「まだお風呂は無理よ」

光子さんが言った。

「じゃ、お湯にするね。いっぱい沸かす」

沸いたお湯で光子さんは自分と、セイゾウさんの顔や体を拭いた。二人とも顔つきが変わって、柔らかくなった。でもセイゾウさんはまだ一言もしゃべらない。

「おとうさんは話が出来ないの。お医者さんは頭の傷のせいだろうって。それから足はやけどがひどくて、でもよくなれば、松葉杖《まつばづえ》で歩けるようになるって。時間がかかるけど、話もできるようになるでしょうって。よかった！」

光子さんは私に近づいて、小声で言った。

「おとうさんはわたしたちのこと覚えてないの？」

「うん、記憶がなくなっちゃったのね。そういう人、いっぱいいるんですって。それほどたいへんな空襲だったのよ。病院の人が言うにはね。おとうさんが着ていた上着に『青山吉蔵《よしぞう》』っていう名札がついていたそうなの。それでてっきり『青山』さんだと、思われたのね。本人は意識がないし。それでずっと、青山さんの住所に問い合わせていたけど、そちらも手掛かりがなかったんですって。それが一か月前頃から、お父さんの意識がときどき戻って、『自分は西田だ』って言ったらしいの。それと繰り返し『山川村だ』って、うわごとも言ったんですって。それでこっちに連絡がきたのよ。

おとうさんが病院に運ばれたときはね、上着以外はひどく焼けて、ぼろぼろだったって。それでどこかで上着をひろったか、もらったかして着ていたんでしょうって、言ってた。イコちゃん、おとうさん、帰ってきてくれたわ。よかったね」

光子さんも、ひどく疲れたようだった。でも、よく笑うようになった。

「あのリヤカーどうしたの？」

「そうそう、駅の近くの人がね、かしてくださったの。返しに行かないと。鋳かけどんにお願いしようかな。おじさん少しは元気になったかしら」

「わたしが行く」

「えっ、イコちゃんが」

「うん、行けるよ。ノボルとキミコに手伝ってもらう。夏休みだから」

「わー、お友達にね」

「うん」

私はうなずいた。


セイゾウさんの様子はあまり良くならない。いつもうとうとしている。ときどき目を開けて、私や、ヒロシを見ると、安心したように、また眠った。光子さんと私は、セイゾウさんの包帯を取り替えては、洗った。傷はとてもひどいものだった。やけどだから、しつっこい。絶えず血が滲《にじ》み出てくる。お医者さんは村に一人しかいないので、たまに来ては、消毒をして帰っていった。私と光子さんは、セイゾウさんが歩けるようになった時のためにと、お医者さんにおしえてもらって、竹をまげて、松葉杖を作った。

セイゾウさんは少しずつ元気になっていった。お布団の上にすわれるようになった。私や、ヒロシをじっと見つめる目が笑ってる。でも、まだ、口がきけない。

広島《ひろしま》に大きな爆弾が落ちたと、ラジオが言った。「特殊爆弾」だと言った。爆弾に特殊がつくんだから、普通のとはちがうようだ。ものすごく大きな爆弾らしいと、噂が伝わってくる。国の命令で、ラジオは被害を小さく言いたがる。でも、今度はラジオも特別な爆弾だとはっきり言っているから、すごいのだ。

日本は負けるかもしれない。大きな声では言わなくっても、みんな、そう思っているのがわかる。

「神風が吹くから……」

まだそう言う人もいる。自分が安心したいから言っているんだ。私は神風は当てにならないと思うようになった。吹くんだったら、セイゾウさんが受けた大空襲の前に吹いてほしかった。神風どころか、また「特殊爆弾」が、長崎《ながさき》に落ちた。

どうしてこんなことになってしまったのだろう。私の周りは、だれひとりとして、幸せな人はいない。誰かが死に、誰かが行方不明。誰かが怪我をしている。そして、みんながお腹をすかせている。戦争が始まった時は、みんながみんな、希望に充《み》ち溢《あふ》れていたのに。今はこれからどうなるのかと、不安の塊になっている。

私はカズちゃんが描《か》いていたお魚の絵を思い出した。鉛筆で、細かく、細かく、描いていた。手が丁寧に、丁寧に、動いていた。あんなにたいへんな時だったのに、カズちゃんはいつも描いていた。

「描いていると、落ち着くの。安心する」と言っていた。

カズちゃんはいまも描いているだろうか。少しは安心しているだろうか。

私はカズちゃんのまねをしてみようと思った。安心が欲しかった。

縁側にすわって、いつも見ているトンネルの森を描き始めた。黒い森を、鉛筆で黒く塗りつぶしていく。このトンネルの森は暗くて、じめじめして、飲み込まれそうに、奥へ続いていた。裸足《はだし》で走った。木の根っこが足の裏に刺さった。恐くて恐くてたまらなかった。

「仲良くなれば、恐くないよ」ってセイゾウさんが言ったから、私はすぐそばに住んでいる、弱虫の私を知ってもらおうと、名前を名乗って、歌をうたって、それからおまじないを唱えて走った。するると出口が見えてきた。この森で影しか見えない兵隊さんと出会った。顔もわからないけど、ハーモニカを吹いている兵隊さんの絵も描き加えていく。暗い森の中の、もっと暗い影、力をいれて、鉛筆を動かして、夢中で描いた。描いても、描いても、終わらない。

本当だった。私の中から不安が少し消えていった。

カズちゃんに見せたい。笑われちゃうかもしれない。

私はセイゾウさんの目の前で帳面を広げた。セイゾウさんの目が笑っている。それから自分で体をおこして、ゆっくり私の頭に手を置いた。

私は帳面をもって、トンネルに入っていった。兵隊さんにも見せたかった。

「兵隊さーん」

小声で呼んでみる。前は気がつくと、にじんだ墨のように、いつの間にか遠くに兵隊さんが立っていた。でも、どこをむいてもいない。遠くの木を透かして見ても、いない。気がつくと、私は一人で、体を回し、きょときょとみまわしながら、歩いていた。

相変わらず暗い森、立ち止まると、私は帳面を広げて、胸の前に掲げた。

「兵隊さーん、これ、見て」

しーんとして、木は動かない。

兵隊さんも現れない。

帳面を広げたまま、私は奥へと入っていった。

「イコが通りまーす」と何度も言ってみた。立ち止まって待った。でも兵隊さんは現れない。暗い森の奥は、木が重なり合い、その暗さはだんだん濃くなり、私の方に迫ってくる。

「会いたいの」

私は叫んだ。

兵隊さんは現れない。

顔を動かして、木の間を探りながら、歩いた。枝が顔にぴちんぴちんと跳ねる。

「ねえ、兵隊さーん」

私は何度も呼んだ。

どこにも兵隊さんがいない。

ハーモニカの音も聞こえてこない。

とおく、とおくに小さな光が見えた。光のなかに細い影が見える。

「あっ、兵隊さんだー！　イコですよー、これ、見て、見て！」

私は走り出した。

光の中の細い影は、走るとだんだんとはっきりしてきた。

あっ、
私は走っていく。

するとそこには、いっぱいの光を背にして、
松葉杖をついた、セイゾウさんが立っていた。

「おとうさーん！」

私は走った。

するとセイゾウさんが叫んだ。

「イコ、戦争は終わったよ」

解説　焦らなくてもいいんだよ

小《お》川《がわ》洋《よう》子《こ》（作家）

『トンネルの森　1945』。このタイトルを見た時、無意識のうちに、1962から1945を引き算していた。答えは17。

ああ、そうか、自分が生まれた時、終戦後、まだ17年しか経っていなかったのか、と改めて気づかされた。17年と言えば、平成の時代の半分ほどである。あっという間じゃないか、と自分でも驚いてしまった。

しかし、幼い頃の実感として、戦争は既に遠い時代の出来事だった。確かに、空襲で岡山城が燃え落ちる様子を祖母が話したり、育ち盛りに豚の脂身が一番のご馳走《ちそう》だった経験を持つ父が、私と弟の食べ残すそれをいつも全部平らげていたり、そんな場面に戦争の気配は感じていた。ただ、自分にとっての現実は、空襲とも空腹とも無縁であり、それらは上の世代の人たちの記憶に過ぎず、切実に考えたことはなかった。

もし私がもっと賢く、感受性の豊かな子どもだったら（たとえばイコのように）、身近に刻まれた戦争の痕跡《こんせき》を、敏感に受け止めていたかもしれない。当然ながら、数字の上で、1945年は遠ざかってゆくばかりだ。今の子どもたちが、直接戦争を体験した人に接する機会は、ほとんどないだろう。

そこで大事な役目を果たすのが、本である。決して忘れ去られてはならない記憶を、時の流れの中、物語は辛抱強く伝え続けてくれる。おかげで私たちは、自分が生まれる以前の時間にさかのぼり、そこに生きる人々と同じ風景に身を置くことができる。彼らと心を通わせることさえできる。

燃える岡山城と豚の脂身という現実が、本当の意味で私の意識に根付くためにも、やはり本が必要だった。石井桃子《いしいももこ》『ノンちゃん雲に乗る』、松谷《まったに》みよ子《こ》『ふたりのイーダ』、ハンス・ペーター・リヒター『あのころはフリードリヒがいた』、壺井栄《つぼいさかえ》『二十四の瞳《ひとみ》』、そして『アンネの日記』。こうした数々の本のおかげで、私は戦争を他人《ひと》事《ごと》として片づけることができなくなった。ノンちゃんもアンネも大事な友だちだった。本を開いている間、彼女たちは架空の人物でもなければ死者でもなく、ページの向こう側にありありと存在していた。

そんな子どもの頃、イコに出会いたかった。きっとどんな秘密でも打ち明けられる、友だちになれただろう。

最初に心奪われたのは、出征直前のおとうさんが手に入れてきた、ロシヤの真っ赤な飴《あめ》をイコが食べる場面だ。お菓子が姿を消しつつあった時代、私なら絶対、夢中になって頬張り、少しでも長い時間、甘みを味わおうとするだろうが、イコはちょっと違う。その甘さに隠された、〝底意地がわるいような、あやしい感じ〟をくみ取る。〝白雪姫のまま母の血の色はこんな色？〟と想像を巡らせる。更には、なかなか溶けないことに我慢できず、無理矢理かみ砕いてあごを痛め、涙を流す。

飴をなめながら、自分は今、まま母の血を味わっている、と想像する女の子の何と魅惑的なことだろうか。単純な甘さにだまされない、少し屈折した感じが大人びている。普通の子が見過ごすところに、特別な視線を送っている。こんな子の近くにいれば、他の誰も気づかない世界の秘密に触れられるかもしれない。

このあとイコは、おとうさんに焼きおにぎりを作ってもらう。ロシヤの飴より、おとうさんの焼きおにぎりの方がずっと美味《おい》しいと思う。おとうさんへの素直な愛情が、お醬油《しょうゆ》の匂いとともにこちらにも伝わってくる。彼女なりのやり方で、戦争へ行ってしまうおとうさんにお別れを告げている。まま母の血と、おとうさんの焼きおにぎり、その両方を、一人の女の子が矛盾なく胸に抱えている。

やがてイコは、父とも祖母とも離れ、まま母の光子さん、生まれたばかりの弟ヒロシとともに、森に囲まれた古い一軒家で疎開生活を送ることになる。本書のもう一人の主役は、両側から木が覆いかぶさり、トンネルのようになった、庭と森をつなぐ一本の道、と言えるだろう。暗く、ひんやりとし、木の根でごつごつしたこのトンネルを通って、イコは学校へ行かなければならない。

最初は気味の悪い道でしかなかったトンネルだが、そこを通るたび、イコはさまざまな体験をする。自然が発する音を耳にし、不思議な視線の気配にとらわれ、もし出口がなくなったら、という空想に襲われる。

しかし決して怖がってばかりのイコではない。森に向かってお辞儀をし、自己紹介をし、歌をうたって少しでも自分の存在を受け入れてもらおうと努める。いつしか、「イコがとおりまーす、イコがとおりまーす、イコがとおりますよー」と、おまじないを口にするようになる。だんだんとイコは森と仲良しになってゆく。

もちろん、森の外側でもいろいろな出来事が起こる。国民学校では東京の言葉をからかわれ、なかなか友だちができない。同じクラスのカズコは、父親を戦地で亡くし、母親は病に伏せっている。空腹に耐えきれず、人の家の柿を取ろうとして罪悪感にさいなまれる。おとうさんが恋しくなり、家出を決意する。東京が空襲で焼かれる。

しかし、イコはめそめそなどしない。いや、そうしたくてもできないのだ。まま母光子さんと、小さな弟だけの暮らしの中では、いつも自分一人で、自分の涙を受け止めるしかない。特に、光子さんとの関係はややこしい。光子さんだって別に悪人ではない。天涯孤独の身で子どものいる人と結婚したかと思ったら、夫はすぐに出征してしまう。なさぬ仲の娘と実の子を抱え、見知らぬ土地で懸命にがんばっている。

お米に換えるため、死んだおかあさんに買ってもらった綺麗《きれい》な着物を、光子さんが手放す決心をする場面がある。イコは心の中でつぶやく。〝そうですか、よかったですね、優しいおかあさんがいて〟

イコの口調にどことなくユーモアがあるので救われる。本音をぶつけたら、決定的に何かが崩れてしまうということに、利発なイコはちゃんと気づいている。

光子さんとイコは、産みのおかあさんを亡くした者同士、同じ種類の悲しみを知る間柄なのだ。だからたとえ、すれ違いに傷ついたとしても、大丈夫。時が経てば、きっとかけがえのない関係を築けるはずだ。一生懸命戦争のさなかを生き抜こうとしている二人に、そう声をかけたくなった。

戦争は、子ども時代を否応なく奪う。子どもを残酷な速度で大人に成長させようとする。本当なら生まれ育った東京の下町で、家族に囲まれ、もっと無邪気な毎日を送れたはずのイコも、時代の荒波に巻き込まれてゆく。必要以上の緊張感の中、少女から大人へと急速な背伸びを強いられる。

そんなイコを、焦らなくてもいいんだよ、という声にならない声で包むのが、トンネルの森だ。最初、トンネルは未来へ続く道の象徴だろうか、と思った。けれど単にそれだけではなかった。むしろ、逆の役割を持っている気がした。光の出口を指し示しながらも、ただそこへ導くためだけの通路ではない。もっと大事なのは、トンネルの途中で立ち止まることなのだ。

そこでは時が遮断されている。急ぐ必要はない。木々のざわめきに包まれながら、大事な人のことを、ゆっくり願えばいい。トンネルの森はいつまでもイコを守ってくれる。最初は単に恐ろしいだけだったトンネルが、生命力を持った安らぎの存在である、と気づけたことが、イコにとっての一番の成長の証になった。

最後に、若い人々に命を分けるようにして亡くなったおばあさん、タカさんのために祈りたい。タカさんがこしらえたお人形と、遺《のこ》したボタンの缶は、必ずやイコの生涯に寄り添い続けることだろう。

本書は、二〇一五年七月に小社より刊行された
単行本を修正のうえ、文庫化したものです。

トンネルの森《もり》　1945

角《かど》野《の》栄《えい》子《こ》

令和5年 11月25日　初版発行

発行者●山下直久

発行●株式会社KADOKAWA
〒102-8177　東京都千代田区富士見2-13-3
電話　0570-002-301（ナビダイヤル）

角川文庫 23887

印刷所●株式会社暁印刷
製本所●本間製本株式会社

表紙画●和田三造

ISBN 978-4-04-113745-1　C0193

◇◇◇

角川文庫発刊に際して

角川源義

第二次世界大戦の敗北は、軍事力の敗北であった以上に、私たちの若い文化力の敗退であった。私たちの文化が戦争に対して如何に無力であり、単なるあだ花に過ぎなかったかを、私たちは身を以て体験し痛感した。西洋近代文化の摂取にとって、明治以後八十年の歳月は決して短かすぎたとは言えない。にもかかわらず、近代文化の伝統を確立し、自由な批判と柔軟な良識に富む文化層として自らを形成することに私たちは失敗して来た。そしてこれは、各層への文化の普及滲透を任務とする出版人の責任でもあった。

一九四五年以来、私たちは再び振出しに戻り、第一歩から踏み出すことを余儀なくされた。これは大きな不幸ではあるが、反面、これまでの混沌・未熟・歪曲の中にあった我が国の文化に秩序と確たる基礎を齎らすためには絶好の機会でもある。角川書店は、このような祖国の文化的危機にあたり、微力をも顧みず再建の礎石たるべき抱負と決意とをもって出発したが、ここに創立以来の念願を果すべく角川文庫を発刊する。これまで刊行されたあらゆる全集叢書文庫類の長所と短所とを検討し、古今東西の不朽の典籍を、良心的編集のもとに、廉価に、そして書架にふさわしい美本として、多くのひとびとに提供しようとする。しかし私たちは徒らに百科全書的な知識のジレッタントを作ることを目的とせず、あくまで祖国の文化に秩序と再建への道を示し、この文庫を角川書店の栄ある事業として、今後永久に継続発展せしめ、学芸と教養との殿堂として大成せんことを期したい。多くの読書子の愛情ある忠言と支持とによって、この希望と抱負とを完遂せしめられんことを願う。

一九四九年五月三日

角川文庫ベストセラー

バッテリー　全六巻　あさのあつこ

中学入学直前の春、岡山県の県境の町に引っ越してきた巧。ピッチャーとしての自分の才能を信じ切る彼の前に、同級生の豪が現れ!?　二人なら「最高のバッテリー」になれる！　世代を超えるベストセラー!!

ラスト・イニング　あさのあつこ

大人気シリーズ「バッテリー」屈指の人気キャラクター・瑞垣の目を通して語られる、彼らのその後の物語。新田東中と横手二中。運命の試合が再開された！　ファン必携の一冊！

晩夏のプレイボール　あさのあつこ

「野球っておもしろいんだ」——甲子園常連の強豪高校でなくても、自分の夢を友に託すことになっても、女の子であっても、いくつになっても、関係ない……野球を愛する者、それぞれの夏の甲子園を描く短編集。

グラウンドの詩《うた》　あさのあつこ

心を閉ざしていたピッチャー・透哉とバッテリーを組む瑞希。互いを信じて練習に励み、ついに全国大会への出場が決まるが、野球部で新たな問題が起き……中学球児たちの心震える青春野球小説、第2弾！

かんかん橋を渡ったら　あさのあつこ

中国山地を流れる山川に架かる「かんかん橋」の先には、かつて温泉街として賑わった町・津雲がある。そこで暮らす女性達は現実とぶつかりながらも、精一杯生きていた。絆と想いに胸が熱くなる長編作品。

角川文庫ベストセラー